KB101100

구운몽
9인의 레벨업 프로젝트

성진과 팔선녀 운명을 개척하다

나무클래식 07

구운몽
9인의
레벨업
프로젝트
성진과 팔선녀 운명을 개척하다

이강엽 글 | 나오미양 그림

나무를 심는 사람들

『구운몽』, 진정한 영웅의 이야기

홍이에게

오랜만이다. 한동네 살 때는 자주 만났는데 내가 이사를 한 뒤로는 뜸했구나. 홍이 아버지와 나는 학교 선후배이자 직장 동료이기도 했으니 그 인연도 작지 않은데, 그 덕에 너를 알아 또 이런 책까지 쓰게 되었다. 내가 홍이에 대해 들었던 이야기는 주로 너의 종교 생활이었던 것 같다. 너희 가족 모두가 독실한 가톨릭 신자여서 다들 네가 신부가 되었으면 하는 소망이 있었지. 나 또한 마음으로 응원하고 있었고 말이야.

그러다가, 얼마 전 네 아버지를 만나 깜짝 놀랄 만한 소식을 들었다. 내가 "홍이는 여전히 신부님이 되겠다고 하지요?"라고 물었더니, "허허, 아닙니다. 이제는 공군사관학교에 가서 파일럿이 되겠다네요."라고 하시는 거야. 아버지께서는 서운해하셨지만, 나는 속으로 가만히 웃었어. 지금은 네가 기운이 펄펄 날 때여서 책상에만 틀어박혀 있기에는 아깝고 답답한 시절일 거야. 벌써 키도 아버지만 해졌으니 어른이 다 된 것 같을 테고, 멋지게 하늘을 가르는 전투기 조종사가 조용히 기도하는 신부님보다 멋있게 보일 수도 있을 거야.

오랜만에 만난 홍이에게 나는 영웅의 이야기를 들려주고 싶구나. 지금부터 들려줄 『구운몽』은 홍이처럼 열심히 공부를 하여 종교의 깨침을 얻고자 했던 인물에서부터 시작해. 성진이라는 스님이 바로 그 주인공인데, 그는 당시 최고의 승려를 스승으로 모시는 행운을 누렸을 뿐만 아니라, 스승의 학문을 이을 수제자로 인정받고 있었어. 그런데 열심히 공부하던 성진에게 어느 날 갑작스런 회의가 들고, 인생의 방향이 급선회하는 거야.

그게 어디 홍이나 성진의 일뿐일까. 꿈꾸는 청춘들이라면 누구나 그렇겠지. 꿈속에서 현실과 정반대편의 삶이 펼쳐지듯, 청춘들은 누구나 현실에서 이룰 수 없는 것들을 갈구하니까. 누군가 그랬어. 운명을 배반해야 한다고 생각하면 청춘이고, 운명과 타협해야 한다고 생각하면 청춘이 끝난 거라고 말이야. 그러나 자신에게 주어진 삶을 등지고 또 다른 삶을 살아가는 일은 무척이나 힘들어서 대부분의 사람들이 꿈조차 꾸지 않거나 중간에 포기하고 말아. 그래서 그런 일을 훌륭하게 해낸 사람들에게 우리는 '영웅'이라는 칭호를 붙여 주지.

『구운몽』은 그런 의미에서 진정한 영웅의 이야기야. 그것도 보통 영웅이 아니라 아주 특출 난 영웅이지. 이쪽 세상에서는 이쪽 세상대로 최고에 오르고, 저쪽 세상에서는 저쪽 세상대로 최고에 오르지. 그뿐 아니라, 맨 나중에는 그 둘을 넘어서는 깨침을 얻어내는 경지에 다다르게 되거든. 물론 『구운몽』 이전에도 꿈 이야기는 많았어. 『삼국유사』나 김시습 소설에도 주인공이 꿈을 꾸다가 깨는 이야기가 나오지만, 어느 한 세상에 불만을 드러내거나 한쪽 삶을 부정하곤 해. 『구운몽』에 이르러야 비로소 신나는 연애담이자 출세담이고, 또 사상적 깊이를 갖춘 이야기로 완성되는 거지.

그러나 어느 방면에서든 최고가 되기는 쉽지 않아. 그런 문학 작품을 쓰기도 어렵지만 읽기도 쉽지 않지. 그만큼 고려할 사항이 많기 때문이야. 더구나 『구운몽』 같은 영웅담을 읽으면서 단지 즐기는 데 그치지 않고, 자신의 삶도 그 영웅의 길로 한 발짝 다가서게 하려면 그 길은 더욱 멀고도 험해. 동네 낮은 산에 오르듯 입던 옷 걸치고 운동화 바람에 슬쩍 오를 수 있는 게 아니라는 말이지. 나 같은 안내자의 도움을 받아 '영웅의 길'을 잘 따라가 본다면 앞으로는 너 혼자도 전 세계의 영웅 이야기를 아주 재미있게 읽어 낼 수 있을 거고, 또 어느 순간 홍이 자신이 그 영웅의 길 위에 있는 것을 느낄 수도 있으리라 믿어.

그런데, 홍아. 이 책 제목에 '레벨업 프로젝트'라는 말이 붙어 있는 게 이상하지 않니? 영웅이면 본래 뛰어난 인물들일 텐데 어떻게 레벨을 더 올린다는 건지 말이야. 하긴 시험만 쳤다 하면 1등만 하는 친구라면 달리 레벨업을 할 필요가 없겠지. 그런데 공부 벌레 친구들도 가만 살펴보면 어딘가 빈구석이 있을 거야. 예를 들어 성적은 무지하게 좋은데 너무 잘난 체하는 게 흠인 친구들이 가끔 있잖아. 그런 친구에게는 인성의 레벨을 끌어올리는 과제가 주어지지. 이처럼 레벨업은 누구에게나 필요한

데, 영웅의 경우가 되면 더욱 만만치 않아. 잘 알겠지만 낮은 수준에서 몇 레벨을 올리는 것보다 최상의 수준에서 한 레벨을 올리기가 더욱 어려운 법이거든. 그것이 성공하기만 하면 그야말로 흠 하나 없는 완벽한 영웅이 되는 거지.

그러나 그것만으로는 아직 '베스트 오브 베스트'가 아니야. 대단하다고 해 봤자 저 혼자 잘난 게 아니겠어? 그래서 진짜 영웅이라면 저 혼자 레벨을 올리는 데 그치지 않고 다른 사람들까지 끌어올려 주게 되어 있어. 『구운몽』의 주인공은 성진(양소유) 한 사람이지만 책 제목에 굳이 '9인의 레벨업 프로젝트'라고 강조한 까닭이 거기에 있어. 성진이 경험하는 회의와 번민을 팔선녀도 하고, 양소유가 세상을 돌아다닐 때 여덟 미인 또한 그러했으며, 맨 마지막에 양소유가 깨침을 구할 때도 여덟 부인들이 함께 하고자 했지. 마침내 아홉 명 모두가 깨침을 얻는데 그 깨침이 결국은 세상을 깨쳐 주거든. 1인이 9인으로, 9인이 다시 만인으로 퍼져 나가서 영웅의 레벨업이 곧 세상의 레벨업이 되는 거야.

홍아, 이제 영웅의 길을 떠날 준비가 됐니? 마음의 준비가 되었으면, 나를 따라나서렴. 지금부터 신나게 레벨업 프로젝트를 시작해 보자. 홍이처럼 생각하는 친구들도 모두 함께!

2016년 6월 5일
이 강 엽

레벨 3. 세상 밖으로

레벨 4. 짝을 찾아서

레벨 5. 성공, 또 성공

레벨 6. 내 앞에 적은 없다

레벨 7. 천하를 노닐며 사랑을 이루다

레벨 8. 모든 것을 이룬 후

레벨 9. 다시 머리를 드는 번민

레벨 10. 큰 깨달음을 향해

레벨 1. 세상의 중심에서

이야기는 형산에서부터

홍아, "지금 어디 있니?"라고 내가 묻는다면 어떻게 대답할래? 아마도 "대한민국의 서울이요."라고 대답하겠지. 묻고 있는 내가 대한민국에 대해 잘 알고 있기 때문일 거야. 그런데 우리나라를 모르는 외국인에게는 "아시아 대륙의 동쪽 끝쯤이지요."라고 대답하겠지.

맞아, 그런데 그렇게 대답하는 데에는 이미 세상 어딘가를 중심으로 보는 시각이 깔려 있구나. 아시아 대륙의 한복판을 중심으로 볼 때, 대한민국은 동쪽 끝이라는 거지. 왜 그걸 따지냐고? 『구운몽』이 바로 그렇게 시작하기 때문이야.

천하에 명산 다섯이 있다. 동쪽에 태산, 서쪽에 화산, 남쪽에 형산, 북쪽에 항산이고, 그 가운데가 숭산이다. 이 다섯이 이른바 '오악(五岳)'이다. 오악 가운데 형산이 중심에서 가장 먼데, 구의산이 그 남쪽에 있고, 동정호가 그 북쪽에 지나며, 소상강이 빙 둘러 있다. 형산에는 축융봉, 자개봉, 천주봉, 석름봉, 연화봉의 다섯 봉우리가 높다. 구름이 그 얼굴을 가리고 안개가 그 허리에 둘려 있어서 날씨가 맑지 못하면 사람이 그 진면목을 보지 못할 것이다.

어때? 소설의 시작치고는 이상하지? 우리가 아는 소설은 대개 소설 속 인물들이 사는 배경이 나오잖아. 주인공이 사는 도시나 집 같은 것 말이지. 그러나 이 작품은 "천하에 명산~"으로 시작해. 대체 산이 무엇이길래? 이것을 이해하려면 하늘과 땅에 대해서 좀 알아야 해. 땅은 인간을 비롯한 온갖 생명체가 살아가는 곳이고 하늘은 거기에서 아주 먼 곳이야. 그런 하늘에 닿을 수 있는 가장 좋은 방법은 무엇일까? 땅에서 가장 높은 곳을 찾는 것이겠지. 산이 바로 그런 곳이야.

산꼭대기는 땅에서 가장 멀리 올라선 곳이어서 하늘에서 가장 가

깝지. 산은 언제나 그렇게 하늘과 연관되어 신성한 모습으로 우리 앞에 서 있곤 해. 그런데, 산도 그냥 다 똑같은 게 아니어서 대표적인 산이 있게 마련이야. 동서남북의 네 방향과, 정중앙을 합치면 다섯이 되는데, 방향을 나타낼 때에는 그렇게 다섯 방향의 '오방'으로 표시하곤 해. 여기에서 말하는 오악은 그 다섯 군데를 대표하는 다섯 개의 큰 산을 말해.

문제는 그 다섯 가운데 유독 형산에서 이야기가 시작된다는 거야. 좀 그럴듯하게 하려면 제일 가운데 있는 숭산이 좋을 것 같은데, 하필이면 제일 변방에 있는 형산이냔 말이지. 여기에는 두 가지 의미가 있단다. 우선, 형산은 중심에서 가장 먼 산이니까 세상일에 얽매이지 않고 공부에만 집중할 수 있겠지. 게다가, 형산은 중국의 남쪽에 있어서 인도 쪽과 아주 가깝단다. 인도는 불교의 발상지이고, 불교가 인도에서 동쪽의 중국 방향으로 전해지려면 그 통로가 되는 곳이 바로 형산이야. 실제로 형산은 불교 유적지로 가득한 곳이기도 하단다. 또 그 형산 안에 다섯 봉우리가 있다고 했으니, 큰 오악 안에 작은 오악이 있는 셈이기도 해.

『구운몽』은 그렇게 중심이 아니면서 중심인, 매우 이상한 곳에서 시작해. 그러니까 거기를 중심이라고 생각하면 열심히 불교를 공부하면 되겠고, 세상에서 너무 멀다고 생각되면 거길 떠나고 싶을 거야. 작품을 조금만 더 따라가 보자.

옛날 우임금이 큰 홍수를 다스리고 여기에 비석을 세워 공덕을 기록하여 하늘 글과 구름 글자가 아직 있다. 또 진나라 때는 여자 신선인 위 부인이 도를 얻고 하느님의 명령을 받아 신선을 시중드는 사내아이와 선녀들을 거느리고 이 산을 지켰으니 '남악 위 부인'으로 불리는 사람이다. 예로부터 신령스러운 자취와 기이한 일은 이루 다 기록하지 못할 정도였다.

당나라 시절에는 지금의 인도에 있는 천축국의 스님 한 분이 중국으로 들어와서 형산 연화봉의 풍광을 사랑하여 그 제자 5, 6백 명을 거느리고 큰 법당을 짓고 늘 『금강경』 한 권을 외니 '육여화상'이라고도 하고 '육관 대사'라고도 했다.

까마득한 옛날부터의 일이 나오고 우임금, 위 부인, 육관 대사가 등장하고, 하느님에 신선까지 나오고 있으니 아주 정신이 없구나. 그런데 모든 게 이야기의 중심인 형산이 얼마나 대단한 곳인가를 설명하고 있어.

우임금은 지금부터 오천 년 전쯤의 아주 먼 옛날, 계속되는 홍수로 살기 어려워진 세상을 구해 낸 전설상의 황제야. 물을 다스림으로써 비로소 사람들이 살 만한 세상을 만들어 냈는데, 그 위대한 업적을 기념하는 비석이 형산에 있다는 거야. 다음으로는 위 부인이 나와. 신선이라고 하면 만화에 나오는 머리 하얀 할아버지 모습을 떠올리겠지만, 실제로 여자 신선도 제법 있단다. 『서유기』에 나오는 서왕모가 대표적이지. 위 부인도 도를 깨쳐 하늘로 올라가게 되었는데, 옥황상제가 선동과 선녀를 딸려 주며 형산으로 내려보냈다는 거야. 땅에서 도를 깨쳐서 하늘로 올라간 신선이 옥황상제의 명령으로 다시 땅으로 내려와 자리를 잡은 곳이라면 얼마나 대단한 곳이겠어?

이렇게 야단스럽게 형산을 설명하고 있지만, 진짜 이야기는 그 다음부터야. 『구운몽』의 주인공인 성진이 등장할 중요한 발판이 마련되니까 말이지. 바로 불교 이야기야. 신라의 혜초 스님이 인도를 다녀온 기행문이 『왕오천축국전』이라는 건 알고 있겠지. 글자 그대로 다섯 천축국에 가서 보고 들은 견문을 적은 기록이지. 천축국은 인도의 옛 이름이야. 어떤 종교이든 그 종교의 발상지를 성스럽게 여기고 종교인이라면 그곳을 다녀오는 것을 '성지 순례'라고 해서 몹시 중요하게 생각해. 『서유기』의 삼장 법사도 혜초 스님도 다 그래서 서

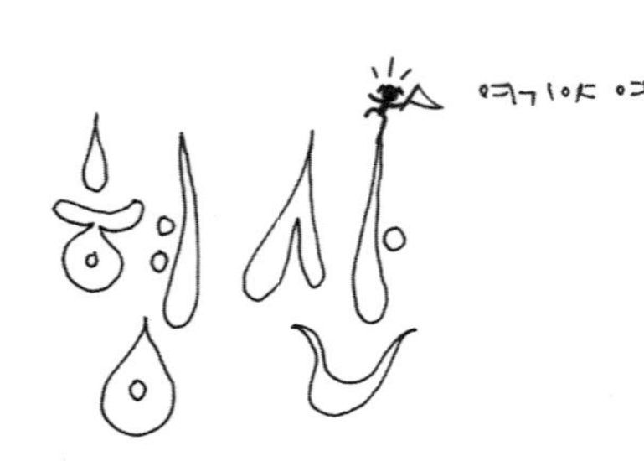

역[중국의 서쪽인 인도 지역]을 여행했던 거야.

여기 나오는 육관 대사는 인도의 스님인데 중국으로 건너왔어. 불교를 전파하려던 거겠지. 그런데 제자가 5~6백 명이나 되었다고 해. 그 정도의 제자가 몰려들 만큼 대단한 승려였다는 뜻이야.

자, 이제 '형산'이 어떤 의미에서 세상의 중심인지 알겠지? 물난리의 위기를 벗어나게 한 업적을 기리는 곳이고, 땅에서 도를 터득한 신선이 하늘에 올라 옥황상제의 명으로 다시 내려와 자리 잡은 곳이며, 인도의 고승이 불교를 깨우쳐 주기 위해 절을 짓고 제자들과 수행하는 곳이야. 죽음에서 생명으로 거듭나는 곳, 하늘과 땅이 만나는 곳, 동쪽과 서쪽의 한가운데라는 이중, 삼중의 중심이지. 특히 형산의 다섯 봉우리 가운데 최고의 경치를 지닌 연화봉을 택함으로써, 중심 중의 중심을 택한 것이기도 하고.

육관 대사와 그 수제자 성진

배경 설명이 끝났으니 이제 인물이 나올 차례이지. 물론 우임금, 위 부인, 육관 대사 등이 나왔지만 아직 주인공이 등장하지 않고 있으니 본격적인 인물 소개는 이제부터야.

도교의 최고 신선 남악 위 부인과
불교의 최고승 육관 대사를 매료시키다!

육관 대사는 중생을 가르치고 귀신을 마음대로 다스려 사람들이 "생불(生佛, 살아 있는 부처)이 세상에 내려왔다."고 말하였다. 대사의 제자 수백 사람 가운데 불법에 신통한 사람이 삼십여 명이었다. 그중 제일 젊은 제자의 이름은 성진으로, 얼굴이 백설처럼 희고, 정신이 가을 물처럼 맑고 고요했다. 나이 겨우 스물셋에 불경에 알지 못하는 것이 없고 총명함과 지혜로움이 뛰어나서 대사가 지극히 애지중지하여 의발을 전수하게 하려 하였다.

육관 대사는 그 이름부터 엄청난 의미를 담고 있어. '육관'은 꿈, 헛것, 물거품, 그림자, 이슬, 벼락을 말하는데, 모두 실제 있는 듯하지만 금세 사라지는 허망한 것들이지. 조금 어려운 말로는 '무상(無常)'하다고 해. 보통 사람들은 현재 눈에 보이는 것밖에 못 보는데 육관 대사는 깨친 사람이라 보이는 것 너머의 참된 것을 본다는 말이야. 수백 명의 제자들이 모여든 이유가 거기 있었을 테고.

그런 스님의 제자 가운데 좀 수준이 높다 싶은 사람이 서른 명이었고, 그중에서도 가장 젊고 똑똑한 제자가 바로 성진이었어. 성진이 젊다는 것을 강조한 것은 불교 공부가 매우 어려운 데도 워낙 똑똑한 사람이어서 일찍 깨쳤다는 의미일 거야. 나이 스물셋에 막힘

없이 알았다고 하잖아. 그래서 육관 대사는 일찍이 수제자로 성진을 점찍어 두었어.

참, 여기 나오는 '의발(衣鉢)'은 스님들이 입는 옷[衣]과 식사할 때 쓰는 그릇[鉢]을 말해. 스님들은 본래 많은 물건들을 가지고 있지 않으니까 어쩌면 그게 다일지도 몰라. 그러므로 공부를 잘해서 더 발전시켜 나갈 사람에게 의발을 물려주는 것이고, 그 말은 곧 자신의 후계자로 인정한다는 뜻이야.

이렇게 보면 육관 대사도 대단하지만 성진도 참 대단하지 않니? 당대 최고의 스승을 모시고 공부를 했을 뿐만 아니라, 가장 먼저 스승의 눈에 들어 장래가 보장되었으니 말이야. 어떤 공부를 하든 처음에는 진도도 잘 나가고, 조금만 해도 많이 아는 것 같은 때가 있단다. 또 주위에서도 지치지 않고 공부할 수 있도록 칭찬도 아끼지 않고 공부 잘한다는 소문도 자자하고 그래. 그러면 왠지 우쭐해져서 몇 년 만 더하면 선배들은 말할 것도 없고 아예 스승조차 넘어설 것 같은 착각에 빠지기도 하지.

앞으로 무슨 문제가 닥칠지 짐작이 가니? 배경도 나왔겠다, 인물 소개도 끝났겠다, 재미난 사건이 터질 때가 되었다는 말씀.

전에 대사가 모든 제자들과 함께 설법을 한 일이 있었다. 동정호의 용왕이 흰옷을 입은 노인으로 변신하여 법석에 참여하여 강론을 들었다. 하루는 대사가 제자에게 이렇게 일렀다.

"내가 늙고 병들어 산속 절의 문을 나서지 못한 지 십여 년이구나. 내 몸이 가벼이 이 문 밖으로 움직이지 못할 테니 너희들 중에서 누가 나를 위해 물속 세상 용왕에게 가서 감사의 인사를 올리고 돌아오겠느냐?"

바로 그때, 성진이 여쭈었다.

"제가 똑똑하고 민첩하지는 못하지만 가겠습니다."

대사가 크게 기뻐하여 그를 보냈다. 성진이 명을 받고 무거운 승복을 입고 승려들의 지팡이인 육환장을 끌고 바람처럼 동정호를 향하여 갔다.

육관 대사와 성진이 어느 정도인지 알겠지? 제자들이 구름처럼 몰려든 것이야 이미 말했고 세상에, 물속에 사는 용왕까지 찾아와서 설법을 들었다고 하니 말 다했지 뭐야. 용왕이 먼 걸음을 했으니 고맙다는 인사도 할 겸 대사 또한 용궁을 방문해야 예의에 맞지. 그런데 육관 대사가 너무 나이가 들어서 용궁커녕 절의 문밖을 나서지도 못하게 된 거야. 그러니 어쩌겠어? 자기를 대신할 사람을 보내야지.

문제는 육관 대사가 워낙 고명해서 웬만한 사람으로는 격이 맞지 않아 고민이었는데, 성진이 나선 거야. 그것도 스승이 시켜서가 아니라 본인이 스스로 하겠다고 했으니 얼마나 자신만만해. 제자들 중 가장 젊고 똑똑한 사람이 선뜻 나섰고, 또 스승은 크게 기뻐하며 그렇게 하라고 했으니까 수제자라는 것이 완벽하게 입증된 거지.

심부름 간 제자는 싱숭생숭

자, 그렇게 성진이 동정호에 가게 되면, 어떤 일이 생기게 될까?

앞의 이야기를 쭉 이어서 읽어 보면, 우리가 상상할 수 있는 모든 공간들이 나오는구나. 홍수가 나서 휩쓸려 새롭게 생긴 땅, 신선이 되어 하늘로 갔다가 다시 내려오게 된 산, 서쪽 인도에서 건너온 승려가 당나라에 와서 절을 짓고 수도하는 터, 또 동정호라는 물밑 세계까지…. 하늘, 땅, 물밑의 세계가 형산을 중심으로 펼쳐지며 그 세 공간이 거침없이 소통하고 있어. 여기도 갈 수 있고 저기도 갈 수 있는 곳, 여기도 가기 편하고 저기도 가기 편한 곳이 바로 중심이란다.

홍이가 우리나라 곳곳을 여행한다고 생각해 보자. 어디를 중심에

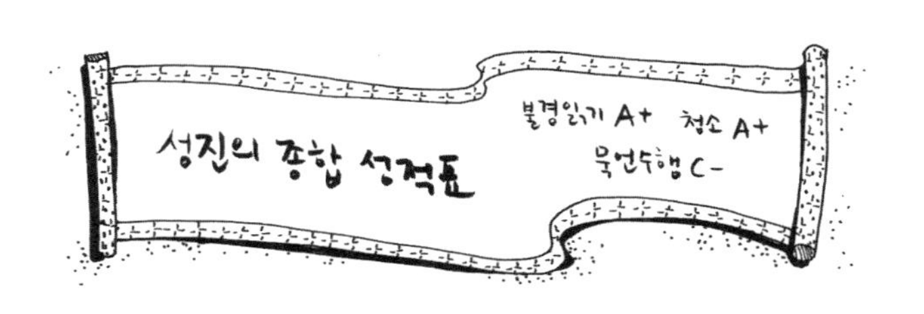

성진의 종합 성적표
불경읽기 A+
청소 A+
묵언수행 C-

두고 다니는 게 좋을까? 어쩌면 대전 같은 데를 생각할지도 모르겠지만, 사실은 서울이야. 서울은 나라의 중심이어서 전국 어느 곳이든 쉽게 갈 수 있는 교통편이 있거든. 이 점에서 형산의 연화봉에 있는 절은, 산속 깊이 처박혀 있어서 외진 곳이라고 생각이 들겠지만 사실은 종횡으로 중심에 놓여 있는 거야. 하늘-땅, 인도-중국, 땅위-물밑 세계의 한가운데 있는 것이지.

신기하지? 형산은 오악 가운데에서도 중심에서 제일 치우친 곳에 있다고 했는데, 결국은 세상의 중심이잖아. 그런데 사람들은 중심에 있으면서도 중심에 있는지 모를 때가 많아. 나는 대한민국의 수도 서울에서 태어났으니 나라의 중심에 있다고 할 수 있어. 그러나 서울 변두리에서 자랐기 때문에 늘 귀퉁이에서 지낸다고 생각했어. 지금 생각해 보면 참으로 활기찬 곳이었는데.

『구운몽』의 등장인물에게도 그런 순간이 닥쳐. 자신이 있는 곳이 얼마나 대단한 곳인 줄 모르고, '이런 데 처박혀 있으면 무얼 하나?' 하는 생각이 든 거지.

성진이 동정호로 심부름 가는 데까지 보았는데 그 다음부터가 바로 그런 내용이야.

이윽고 문지기 도인이 대사께 말씀을 올렸다.

"남악의 위 부인께서 팔선녀를 보내어 문 밖에 이르렀습니다."

대사가 들어오도록 허락하자 팔선녀가 차례로 들어왔다. 팔선녀는 대사가 앉은 자리를 세 번 돌며 신선 세계의 꽃을 흩뿌린 후 위 부인의 말씀을 전하였다.

"대사는 산의 서쪽에 계시고 나는 산의 동쪽에 있어 생활하고 먹고 마시는 곳이 서로 붙어 있지만 일이 많아 설법하는 자리에 나아가 불경의 말씀을 듣지 못하였습니다. 이제 종을 보내어 안부를 여쭈며 하늘의 꽃과 신선의 과일과 칠보 비단으로 온갖 정성을 바칩니다."

그러면서 각기 가져온 꽃과 과일, 보배를 눈 위로 높이 들어 대사께 올렸다. 대사가 손수 받아 제자에게 주어 부처님 앞에 공양하고 합장하며 사례하였다.

여기서는 위 부인이 사람을 보내서 육관 대사께 경의를 표하고 있어. 이 대목을 가만 보면 형산 연화봉을 동서로 갈라 서쪽은 육관 대사가 차지하고 동쪽은 위 부인이 차지하고 있는 것을 알 수 있지. 종교로 치자면 한쪽은 불교이고 한쪽은 도교이며, 성별로 치자면 한쪽

은 남성이고 한쪽은 여성이야. 둘 다 불교와 도교에서 탁월한 인물로서 가장 좋다는 곳을 정하여 자리를 잡았지만 반쪽만 갖게 되었지. 그러니 팔선녀들의 불만은 이루 말할 수 없었지. 인사를 마치고 나온 그녀들의 이야기를 좀 들어볼까.

"이 형산은 물 한 줄기 언덕 하나도 우리 집이 아닌 게 없었으나 육관 대사가 거처하신 후로부터는 건널 수 없는 구획이 되었지 뭐야. 연화봉의 빼어난 경치를 지척에 두고도 구경하지 못한 지 오래되었는데 우리가 이제 다행히 위 부인의 명으로 이 땅에 왔어. 봄빛이 아름답고 산에는 해가 아직 저물지 않았으니 이 기회에 저 높은 곳에 올라가 연화봉 위에 옷을 떨치고 폭포 물에 관끈을 씻고 시를 읊고 돌아가서 궁중에 남아 있는 자매들에게 자랑하면 통쾌하지 않겠어?"

선녀들이라면 세상 어디에도 얽매이지 않고 편안할 것 같은데 뜻밖에도 이런 문제가 있었어. 육관 대사의 제자인 젊은 승려들이나 위 부인을 모시고 사는 꽃다운 선녀들은 반쪽 세상에서 갇혀 사는 셈이니 당연했겠지. 선녀들은 그런 처지를 한탄하며 실컷 즐겨 보자고 했

뭐지?
이 불안함은…
서쪽으로 심부름 좀 다녀 오너라.

던 거지. 상상할 수 있겠니? 겉옷쯤은 벗어던져 둔 채 물장난을 치면서 시를 지으며 노는 거지. 사람들이 그렇게 신나게 즐기는 걸 '신선놀음'이라고 하는데 정작 신선도 그렇게 못 지냈다니 원.

뿌리칠 수 없는 유혹

그렇게 선녀들이 모처럼의 기회를 잡아 노는 동안, 우리의 주인공 성진 또한 신나는 순간을 맞이하게 돼. 성진이 누구야? 용왕이 존경해 마지않는 육관 대사의 심부름을 간 사람이니까 그에 맞는 대우를 받지. 온갖 좋은 음식들을 대접 받으며 즐기는데 일이 생기고 말아. 용왕이 손수 술을 따라 주며 마시라는 거지. 술은 불교에서 엄격하게 금하는 음식이야. 불교가 본래 마음공부를 하는 종교인데 술은 인간의 본성을 해치는 음식이니까 왜 안 그렇겠어. 사람을 미치게 하는 약이라는 뜻에서 '광약(狂藥)'이라고 부르는 것만 봐도 알 수 있지. 성진도 그걸 잘 알고 극구 사양하지만 용왕의 고집도 대단했어.

"부처의 5계에 술을 경계한 것을 어찌 모르겠소. 그러나 저의 술은 인간의 미치광이 약과는 크게 다르다오. 사람의 기운을 화

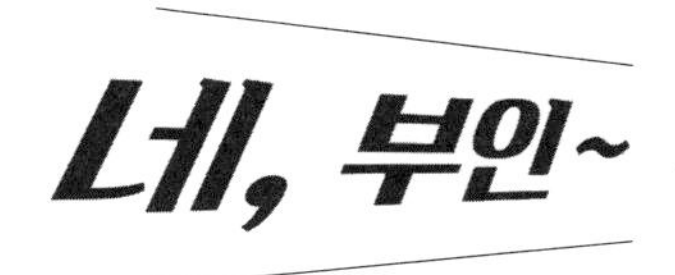

창하게 할 수는 있지만, 호탕하게 하지는 않소. 스님께서는 사양치 마시오."

성진이 그 후의에 감동하여 감히 사양하지 못하고 연달아 석 잔을 기울였다. 그 후 그는 용왕께 하직하고 물속 세계를 떠나 바람을 타고 연화봉을 향하여 왔다. 산 밑에 이르자 술기운이 얼굴에 오르고 눈동자가 어지러움을 깨닫고 생각하였다.

"스승님께서 내 얼굴 가득한 술기운을 보시면 어찌 꾸짖지 않으실까?"

지금 성진이 처한 처지가 이해돼? 그동안 모든 욕망을 참아 가며 불교 공부에 힘썼는데 한순간에 무너지고 말았어. 불교에서 금하는 5계 가운데 하나를 어겼기 때문이지. 5계는 불교에서 꼭 지켜야 하는 다섯 가지 계율을 말하는데, 살생하지 말고, 도둑질하지 말며, 음란하지 말며, 망령되이 말하지 말며, 술을 먹지 말라는 거야. 물론 용왕이 억지로 권해서 그렇다고 하더라도 계율을 어긴 것만은 분명하지. 앞서 본 팔선녀의 경우도 마찬가지야. 위 부인을 모시느라 산의 한쪽 편에서만 살아왔기 때문에, 심부름 간 기회를 잡아 멋대로 놀았으니까. 성진은 성진대로, 팔선녀는 팔선녀대로 한쪽 구석에 갇혀 살았다는 웅어리를 풀어 본 거야. 중심에 있으면서도 변두리에 갇혀 지냈다는 생각에 넘어서는 안 될 선을 넘어 버린 것이지. 그들의 처지를 생각하면 안타깝기도 하지만, 이로써 재미있는 이야기가 시작되는구나.

'금기(禁忌)'라는 말을 들어 본 적 있지? 그래, 무언가를 해서는 안 된다고 정해 놓은 것이야. 대개의 금기는 자신보다 높은 곳에서 주어지지. 어른들이 흔히 말하는 것 중에 "~할 때는 ~해서는 안 된다." 같은 게 있잖아. 착한 사람들은 그런 금기를 잘 지키겠지만, 그 금기를 깨는 것에 대해서도 좀 더 생각해 보렴. 어른들 말을 잘 듣는 것은 좋은 일이지만 계속해서 어른들이 시키는 대로만 한다면 다 커서도 어린애를 벗어나지 못한 아이 어른이 되고 말 테니까.

결국 내 삶에 주어진 금기를 깨 보는 일은, 거꾸로 내 삶을 내 식대로 살아 보는 계기가 될 수도 있어. 시키는 대로만 하다가 거기에 따르지 않을 때, 혹은 남들이 하는 방식대로 하다가 내 스스로의 방식을 찾아볼 때, 그때 비로소 '자신의 삶'에 들어서게 되고 영웅의 길이 시작되는 거야.

우리의 영웅 성진의 진가가 발휘되는 것도 이제부터란다.

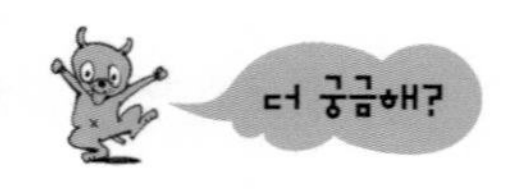

오악이 뭐길래?

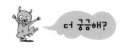

『구운몽』의 시작이 오악인 데 대해서는 이미 보아서 잘 알겠지요. 이렇게 공간을 다섯으로 나누는 일은 그 뿌리가 깊을 뿐만 아니라 현재까지도 널리 통용되는 방법입니다. 시험 삼아 우리나라의 웬만한 도시에 가 보세요. 거의 대부분이 중구, 동구, 서구, 남구, 북구 등의 다섯 구를 기본으로 하여 구획되어 있습니다. 물론 서울처럼 오래되어 점차 확장된 경우에는 다시 그 외곽 지역이 도시로 편입되면서 새로운 이름의 구가 생겨나기도 했지만, 현재 서울의 뿌리가 되는 조선 시대 한성부는 중부, 동부, 서부, 남부, 북부의 5부로 구획되어 있었습니다.

그러니까 이 '5'의 개념은 중심과 전체라는 측면에서 이해할 만한 것입니다. 5는 동서남북의 4방과 그 가운데 들어앉아 있는 중심부로 이어진 전체이기 때문입니다. 그렇기 때문에 한 나라가 굳건하게 유지되려면 다섯 개의 산들이 잘 지켜 주어야 한다는 믿음도 있었습니다. 신라는 중앙의 팔공산, 동쪽의 토함산, 서쪽의 계룡산, 남쪽의 지리산, 북쪽의 태백산을 5악으로 삼았고, 조선은 중앙의 삼각산(북한산), 동쪽의 금강산, 서쪽의 묘향산, 남쪽의 지리산, 북쪽의 백두산을 5악으로 삼았습니다. 중국에 오악이 있는 것처럼 우리도 오악이 있어야 한다고 여겼던 것인데요, 그 크기가 조금 작았을 뿐입니다.

아래의 지도는 중국 오악의 위치를 표시한 것인데, 이는 작품의 출발 지점에 대해 이해하기 쉽습니다. 형산은 다른 네 산들에 비해 남쪽으로 훨씬 멀리 치우쳐 있습니다. 당나라의 수도인 장안에서 가장 멀리 떨어져 있는 곳이니 세속과 떨어져 공부하는 곳으로는 그만이겠지요. 또 육관 대사가 출발한 천축국(지금의 인도)과도 연결되기 그만인 곳이고, 덤으로 동정호도 가까워서 물속 세계와의 교류도 가능한 곳이지요.

이야기를 즐기는 사람이라면 누구나 알겠지만, 이야기의 도입부에는 언제나 가장 많은 정보가 포함되기 마련이지요.

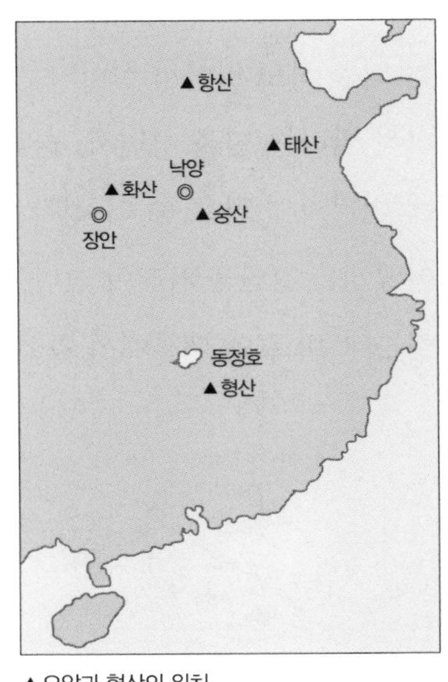

▲오악과 형산의 위치

레벨 2. 영웅의 탄생

성진과 팔선녀, 돌다리 위에서 마주치다

성진과 팔선녀는 모두 죄를 지었어. 무엇보다 자신들이 모시는 사람의 뜻을 어겼으니까. 그러나 그 정도를 죄라고 하면 우리들이 짓는 죄는 하도 많아서 살아가는 일이 다 죄일지도 몰라. 우리는 대개 하지 말라는 일을 하면서, 슬쩍슬쩍 넘어가곤 하잖아? 그런데 다음에 벌어지는 일은 좀 더 심각해. 성진은 얼굴에 술기운을 느끼고는 어떻게든 정신을 차려야 한다고 생각했지. 그는 곧 시냇물로 얼굴을 씻는데, 바로 이 대목에서 팔선녀와 만나게 되지.

성진은 곧 시냇물에 이르러 웃옷을 벗어 깨끗한 모래 위에 놓고 양손으로 물을 움켜 담아 취한 얼굴을 씻었다. 그러자 문득 기이한 향내가 바람결에 코를 찌르는데 향로에서 나는 향불 냄새도 아니고 화초에서 나는 꽃향내도 아니지만, 사람의 뼛속 깊이 사무쳐 정신이 저절로 뒤흔들려 말로 표현하지 못할 정도였다. 성진은 생각했다.

'이 시냇물의 상류에 어떤 특별한 꽃이 피었기에 이런 향기가 물을 따라올까? 내가 꼭 나아가 찾아보아야겠다.'

그는 다시 의복을 가지런히 입은 후 시냇물을 따라 올라갔다. 이때 팔선녀가 석교(돌로 만든 다리) 위에 앉았다가 성진과 딱 만났다. 성진이 즉시 육환장을 버리고 합장하며 말했다.

"모든 보살님(여기에서의 '보살'은 불교에서 여자 신도를 높여 부르는 말)은 잠깐 천승(賤僧: '천한 승려'라는 뜻으로 승려가 자신을 낮추어 부르는 말)의 말씀을 들어 보십시오. 천승은 연화봉 도승 육관 대사의 제자로서 스승의 심부름으로 산 아래에 나갔다가 이제 절로 돌아가려는 참입니다. 이제 좁은 다리에 보살님이 앉아 있어서 남자와 여자가 서로 길을 가기 난처하게 되었습니다. 잠깐만 걸음을 옮겨 길을 터 주시면 고맙겠습니다."

어떤 장면인지 짐작이 되지? 성진이 술을 마신 것을 감추기 위해 웃옷을 벗고 세수를 하잖아. 술은 본성을 해치게 하므로, 찬물에 세수라도 해서 맨 정신으로 돌아가려 했지만 어떻게 되었니? 결과는 정반대로 나타났어. 절에서만 지내던 성진으로서는 생전 처음 맡아 보는 냄새에 취하게 되거든. 바로 젊은 여자에게서 나는 향내였어. 그렇더라도 그 냄새가 어디서 나는 줄 알았으면 얌전하게 눈인사나 한 번 하고 지났으면 될 텐데, 이미 취한 상태라 술기운을 빌려 호기롭게 길을 비켜 달라고 했지. 그러나 선녀는 한둘이 아니라 여덟이나 되었어. 여럿이 모이면 본래 없던 용기도 생겨나잖아? 그들은 장난을 치면서 길을 비켜 주지 않았어.

이제 어떤 일이 일어나게 될까?

성진은 자신이 가지고 있는 신통한 도술을 써 보여. '아마 길 값을 원하는가 본데 나는 가진 것이 없다.'라면서 복숭아꽃 한 가지를 꺾어 선녀들 앞에 던진 거야. 그랬더니 세상에, 그 가지에 달린 여덟 꽃봉오리가 땅에 떨어지면서 구슬이 된 거야. 그것도 아름답게 빛나고 향기가 진동하는 희한한 구슬이 말이야. 선녀들은 각각 그 구슬 하나씩을 손에 쥐고 웃으며 길을 내주었지. 선녀답게 순식간에 하늘로 솟구쳐 올라 사라진 거야. 하늘에 오색구름만 남기고는 순식간에!

여기에서 홍이의 반응이 궁금하다.

하나: "와, 여덟 선녀들과 그러고 놀았다니 좋았겠다! 부러워라."

둘: "한심하군! 육관 대사에게서 갈고닦은 실력을 여자들과 장난 치는 데나 먼저 쓰다니…."

어느 쪽으로 생각하든 좋아. 사실은 그 둘을 다 알아야 『구운몽』을 재미있게 읽을 수 있으니까.

세상에 남아로 생겨나서

성진은 그런 특별한 경험을 하고 절로 돌아왔어. 그런데 성진이 한 짓은 절의 법도로 본다면 큰 문제였어. 우선 술을 마셨고, 선녀들과 시답잖은 말을 주고받았고, 쓸데없이 제 도술을 뽐내 보였잖아. 물론, 다시 돌아와 아무 일이 없던 것처럼 공부에 전념할 수 있었다면 그나마 나았을 텐데 어땠는지 볼까?

> 성진은 정신이 멍한 데다 실망하여 마음을 진정하지 못했다. 돌아와 용왕의 말씀을 대사에게 고하자 대사는 늦게 돌아온 것을 꾸짖었다. 성진이 대답했다.

"용왕이 지성으로 만류하는 통에 차마 떠나지 못하여 그만 날이 저물고 말았습니다."

대사는 다시 묻지 않고 곧 물러가 쉬라 하였다. 성진은 참선하는 방에 돌아가 빈 방 안에 홀로 앉았다. 그러자 팔선녀의 옥 같은 음성이 귀에 쟁쟁하고 꽃 같은 얼굴이 눈에 아른거려서 앞에 마치 함께 앉아 있는 듯 마음이 황홀하여 진정하지 못했다.

이 대목은 좀 세심히 볼 필요가 있어. 성진은 스승 앞에서, 선녀들과 놀다가 늦게 된 부분은 쏙 빼놓고 용왕이 잡아끄는 바람에 일찍 올 수 없었다고 말하고 있구나. 선녀들과 놀 때 날이 저물었다는 말이 없는 것을 보면, 충분히 저물기 전에 돌아올 수 있었다는 말이지. 세상을 훤히 꿰고 있는 육관 대사가 그 사실을 모를 리가 없겠지. 그런데 육관 대사는 아예 모른 체하며 물러가 쉬라고 말해. 더 이상 말할 게 없다는 뜻이지. 이제 거짓말까지 보탰으니 성진의 죄가 점점 커지지. 불교에서 금지하는 다섯 가지 행동 중에 거짓말하지 말라는 게 있는데, 이제 성진은 본래 있던 죄에다 거짓말하는 죄까지 얹은 거야.

그뿐만이 아니야. 스승을 속이고 참선하는 방에 들어가서는 또 다른 죄를 짓고 말아. 참선하는 방에서는 온갖 잡념을 없애야 하는데,

용왕님이 어찌나 잘해 주시던지
차마 뿌리치지 못해서 늦었습니다, 스님.

잡념을 없애기는커녕 아까 본 선녀들 모습이 눈에 아른대서 공부를 할 수가 없었지. 정말 '십 년 공부 도로아미타불'이란 말이 딱이지. 어린 나이에 스승의 눈에 들어 수제자로 자리를 잡았건만 그 잠깐의 나들이로 그만 모든 게 물거품이 되고 만 거야. 이제 성진은 번민에 휩싸이게 돼.

성진이 이렇게 번뇌와 망상에 빠져 잠을 이루지 못하다가 문득 생각하였다.

'세상에 남자로 태어났다면 어떻게 살아야 할까. 어려서는 공자와 맹자의 글을 읽고 자라서는 성스러운 임금님을 섬겨, 밖으로 나가면 큰 군대를 호령하는 장수가 되고 안으로 들어오면 모든 벼슬아치들의 우두머리가 되어 몸에는 비단옷을 입고 허리에 금으로 된 도장을 차고, 눈으로는 고운 빛을 보고 귀로는 묘한 소리를 들어 예쁜 여인과 사랑을 나누고 공명을 떨쳐 후세에 그 명성을 전하는 것이 대장부의 떳떳한 일일 것이다. 그러나 슬프구나, 우리 불가의 모든 도는 그저 밥 한 그릇과 정화수 한 잔에 수삼 권 불경을 가지고, 108 염주를 목에 걸고 설법하는 일뿐이구나. 그 도가 비록 높고 깊다고 하더라도 매우 고요하며 쓸쓸

하고, 설령 중생을 모두 구제하는 법을 깨달아 대사의 도를 전하여 부처님 자리에 앉는다고 해도 죽어서 내 혼백이 불꽃 속에 흩어지면 어느 누가 성진이 세상에 났던 줄을 알까?'

이제 성진이 무엇을 고민하는가가 보이지? 육관 대사의 수제자가 되긴 했지만, 그의 머릿속이 완전히 불교 공부로 들어찬 것 같지는 않아. 제아무리 공부하여 스승이 깨친 것과 똑같이 된다 해도 별 재미가 없을 거라 여기는 것을 보면. 사내대장부로 태어났으면 칼을 차고 전쟁터를 휘젓기도 하고, 권세 높은 사람들 가운데서도 으뜸이 되어 영화를 누리기도 하고, 예쁜 여자들과 즐겁게 지내기도 하고, 큰 업적을 이루어 대대손손 명성을 누려야 한다고 생각하는 거야.

이와는 달리 불가에서는 뛰어난 인물일수록 훨씬 더 소박하게 지내잖아. 평생 옷 한 벌에 밥 그릇 하나로 지냈다는 고승들의 이야기가 전설처럼 전해지고는 해. 성진은 바로 그런 삶에 회의가 들기 시작한 거야. 하긴, 이쪽에 살다 보면 문득 저쪽이 그립고, 또 저쪽에 살다 보면 이쪽이 그립긴 하지.

머리도 좋고 부지런한 데다 좋은 스승까지 만났으니 공부하는 재미도 크고 장래도 보장이 되었지만, 성진의 마음속에는 여전히 세상

에 대한 미련이 있었어. 승려의 생활이라는 게 그렇잖아. 출세는 고사하고, 술이나 고기도 못 먹지, 결혼도 못하지, 심지어 머리까지 박박 깎잖아. 그런 욕심들을 헛된 것이라 여기며 잘 참아 냈지만 그야말로 한순간에 무너지고 만 거지.

이렇게 자신에게 주어진 과업을 망각하고 잘못된 길을 걷는 예는 신화에서도 많이 나와. 그리스 신화에 나오는 미노스를 생각해 보렴. 그는 제우스의 아들이었는데 크레타 섬의 왕위 계승 문제로 다른 형제들과 다투게 되었어. 포세이돈은 그에게 아름다운 황소를 주었어. 신에게 바치는 제물로 쓰라는 거였는데, 미노스는 황소가 마음에 들어서 그만 자기가 갖고 말았어. 격분한 포세이돈은 미노스의 아내 파시파에가 그 황소에게 욕정을 품게 하여, 결국 머리는 소이고 몸통은 인간인 괴물 미노타우로스를 낳게 돼.

처음에 품은 뜻대로 딴 마음을 전혀 먹지 않고 한길로만 나가서 성공하는 사람이 그만큼 드물다는 이야기이기도 해. 사소한 유혹에 넘어가 일을 그르치는 경우가 대부분이지. 신화 속 영웅들, 또 우리가 위인이나 영웅이라 부르는 사람들은 그런 어려움을 잘 이겨 내서 이름을 남기는 거고.

그러니 홍이가 가끔씩 다른 길을 생각하는 게 하나도 이상할 게

좋아요 김만중 님 외 8명이 좋아합니다.

#육관대사_분노주의

없지.

네가 가고자 하는 곳으로 가거라

그래도 성진은 역시 성진이야. 본래 뛰어난 자질을 지닌 만큼 금세 후회하며 마음을 다잡았지. 불가에서는 마음을 깨끗이 하는 것이 최우선인데 이렇게 잡념이 인다면 자신의 앞길에 좋지 못한 일이 있을 거라며 참회를 했지. 그러나 때가 너무 늦은 탓일까, 육관 대사는 성진을 불러들여 크게 꾸짖었어.

"성진아, 네 죄를 아느냐?"

성진이 놀라 계단 아래로 내려가 꿇어앉으며 대답하였다.

"소승이 스승님을 섬긴 지 십여 년이지만 조금도 불공하고 불순한 일이 없었습니다. 그러나 이제 엄하게 물으시니 어찌 숨기겠습니까마는 정말 아득하여 지은 죄를 알지 못하겠습니다."

대사가 더욱 노하여 꾸짖었다.

"중이 공부하는 데에 세 가지 행실이 있다. 그 하나는 몸으로 하는 행실이고, 둘은 말로 하는 행실이며, 셋은 뜻으로 하는 행실이

다. 네가 용궁에 가서 술을 먹었으니 그 죄가 적지 않다. 또 돌아오다가 석교 위에서 팔선녀와 서로 말을 나누며 노는 짓이 장황했다. 게다가 꽃가지를 꺾어 구슬로 희롱하고 돌아온 후에도 불법을 까맣게 잊어버리고 세상의 부귀를 생각하여 호탕한 마음이 들어 열반의 경지를 싫어했다. 이것이 바로 세 가지 행실을 일시에 무너뜨린 것이다. 너는 이제 여기에 머물지 못할 것이다."

성진은 머리를 조아리며 울며 하소연했다.

"스승님, 저에게 정말 죄가 있습니다. 그렇지만 용궁에서 술을 먹은 것은 주인이 억지로 권해서 피할 수 없었기 때문입니다. 또 석교에서 선녀와 말을 나누며 논 것은 길을 트기 위해서입니다. 그리고 제 방에서 망령된 생각을 하기는 했지만 즉시 참회하여 제 스스로 그 잘못을 꾸짖었으니, 이 밖에 다른 죄는 없습니다. 설령 다른 죄가 있다고 해도 스승님께서 종아리를 쳐서 일깨워 주시는 것이 제자를 가르치는 도리일 텐데 어찌 이렇게 박절하게 내치시어 스스로 잘못을 고치는 길을 끊으려 하십니까? 제가 열두 살에 부모를 버리고 스승님께 돌아와 중이 되었으니 스승님께서는 친부모님의 은혜와 같고, 또 스승님과 저 사이의 관계로 말하자면 '자식이 없어도 자식이 있다.'는 말처럼 스승과 제자의 관계가 무

거운 것입니다. 제가 연화사의 절을 버리고 어디로 가겠습니까?"

성진으로서는 어떻게 해서든 죄를 모면해 보려고 별별 변명을 다 늘어놓았지만 허사였어. 불교에서 말하는 죄는 '몸'과 '말'과 '뜻'으로 짓는 것인데, 성진은 그 세 가지를 다 지었다는 거지. 게다가 하늘 같은 스승에게 거짓말을 했잖아. 그러므로 이제 이 절에 함께 있을 수 없다는 엄중한 질책을 내렸는데, 한마디로 절을 떠나라는 거야. 이런 것을 '파문(破門)'이라고 해. 어떤 스승의 문하에서 공부하던 사람에게 그 자격을 박탈하는 것이지. "이제부터는 나의 제자가 아니다!"라는 선언인 셈이야.

바로 이 대목에서 성진이 의미심장한 말을 하고 있구나. 열두 살에 집을 떠난 후로는 육관 대사를 아버지처럼 생각했다는 대목을 은연중에 내비치고 있는 거지. 부모 자식의 관계라면 자식이 잘못한다고 해서 쉽게 내치지는 못하잖아. 마지막으로는 그렇게 감정에까지 호소해 보지만 육관 대사는 꿈쩍도 하지 않았어. 도리어 이렇게 말하지.

"네가 가고자 하는 대로 나가게 하려 하는 것이니 어떻게 여기 머무르겠느냐? 또 네가 '어디로 가리오?' 하니 네가 가고자 하는 곳이 곧 네가 돌아갈 만한 곳이다."

조금 이상하지 않니? 가지 않겠다고 버티는 제자를 내쫓으면서, 내가 보내는 게 아니라 네가 가고 싶어 하는 곳으로 가는 것이라고 하잖아. 하긴 성진이 세상에 나가서 출세하고 살면 좋을 텐데 이게 무슨 신세인가 자탄했으니까 틀린 말도 아니지. 스승이 나서서 그런 소원을 풀 기회를 주겠다는 거야. 하지만 성진이 아무리 똑똑하다 해도 공부한 것이 불교밖에 없고, 또 아무리 능력이 뛰어나다 해도 이제부터 공자와 맹자의 유교 경전을 공부하고, 무예를 익혀서 세상을 호령하기에는 너무 늦었으니 앞뒤가 안 맞는단 말이야. 그래서 육관 대사는 아주 새로운 방법을 생각해 내지. 일단 그를 지옥으로 보내서 새 삶을 살 기회를 열어 주는 거야.

그가 가는 곳은 '풍도 지옥'이라고 하는 곳이야. 물론 땅속 어딘가에 있다는 가상의 세계이겠지만 '풍도'는 실제 중국의 지명이기도 해. 지금도 풍도에 가면 지옥 체험 같은 여행 상품이 있단다. 성진은 이제 먼 곳으로 가게 되지. 『구운몽』에는 '성진의 저승 여행'을 보여 주는 지도가 있는데 이를 보면 성진은 형산에 갔다가 물밑 동정호를 다녀온 후 다시 풍도로 가는 거야. 중국은 엄청 큰 나라니까 상

다들 지옥행!!!

당한 거리를 옮겨 가고 있어. 그뿐만 아니라, 하늘에 가까운 산꼭대기에서, 물밑 세계를 거쳐, 다시 산꼭대기로 갔다가, 또 땅밑 세계로 가는 입체적인 여행이기도 해.

잠깐, 여기에서 저승 여행에 대해 생각해 보아야겠다. 누군가 죽어서 저승에 갔더니 아직 때가 아니라서 다시 왔다거나, 착한 일을 했다고 다시 돌려보내 주었다는 식의 이야기를 들어 본 적 있지? 우리가 사는 곳을 이승이라 하고 죽어서 가는 곳을 저승이라고 하는데, 흔히 저승의 좋은 곳은 천국이나 극락, 나쁜 곳은 지옥이라고 해. 착한 일을 한 사람은 위로 올라가고 나쁜 일을 한 사람은 아래로 떨어진다고 생각한 데서 왔을 거야.

천국은 아주 이상적인 곳이고 지옥은 그 반대란 말이야. 그러니까 천국은 한 번 가면 영원히 있고 싶은 곳이고 지옥은 어떻게 해서든 벗어나고 싶은 곳이겠지. 그러니까 저승 여행이라고 하면 대개가 지옥 여행이야. 그런데 여기에서 중요한 사실은, 지옥에 가서 벌만 받게 되면 그처럼 불행한 일이 없겠지만, 일단 살아만 돌아온다면 그로 인해 대단한 능력을 얻게 된다는 거야. 지옥 훈련을 잘 겪은 선수가 운동 경기에서 좋은 성적을 내는 것과 같은 이치지.

그리스 신화에서 가장 용감한 영웅인 헤라클레스만 봐도 분명해.

그는 아무도 해내지 못할 열두 가지 과업을 거뜬히 해냈는데, 맨 마지막 과업이 바로 지하 세계를 지키는 머리가 셋 달린 개인 케르베로스를 데려오는 일이었어. 그냥 갔다 오기도 어려운 곳에 가서, 그곳을 지키는 무시무시한 개, 그것도 머리가 셋이나 되어서 몰래 숨어들 수도 없고 쉽게 제압할 수도 없는 개를 어떻게 데려오겠어? 그러나 그 일을 할 수만 있다면, 자신이 얼마나 대단한 영웅인가를 세상에 알릴 수 있게 되는 거야.

육관 대사의 명령으로 성진이 저승에 끌려가 보니, 거기에는 성진 말고도 여덟 명이 더 있었어. 누군지 알겠지? 그래, 팔선녀야. 성진과 선녀들이 함께 희롱했으니 선녀들도 똑같이 죄를 지은 거지. 결국 아홉 사람이 지옥에 잡혀 왔는데, 성진은 자신의 죄가 있으니 처분대로 해 달라고 했고, 팔선녀는 자비심을 베풀어 좋은 땅에 다시 태어나게 해 달라고 했어.

이에 대한 염라대왕의 판결은 "이 아홉 사람을 각각 이끌고 인간 세계로 나아가라."였어. 다시 한 번 기회를 준다는 뜻이야.

두 번째 삶의 시작

성진이 인간 세계로 다시 나아가는 광경은 이렇게 그려지지.

말을 마치자 갑자기 큰 바람이 궁궐의 전각(殿閣: 궁궐이나 절의 큰 건물) 앞에 일어나더니 아홉 사람을 공중으로 휘몰아 올려 사방팔방으로 흩어지게 하였다. 성진이 저승사자를 따라 바람에 몰려 방향을 잃고 가더니 한곳에 이르러서는 바람 소리가 비로소 그치며 두 발이 땅에 닿았다. 성진이 놀란 정신을 가다듬고 눈을 들어 보니 푸른 산은 빽빽하여 사방에 둘려 있고, 맑은 시냇물은 잔잔하여 여러 길로 흐르는데, 대 울타리와 초가지붕이 수목 사이로 보일락 말락 하는 것이 겨우 여남은 집뿐이었다. 두어 사람이 마주 서서 한가히 말했다.

"양 처사의 부인이 쉰이 넘어 태기가 있으니 세상에 희한한 일이더니, 아기 낳을 기미가 있은 지 오래되었는데 아직 아이 소리가 없으니 괴이하고 염려스럽다."

성진이 가만히 생각했다.

'내가 이제 세상에 환생하겠으나 이 신세를 돌아보면 정신만

자, 흙수저!
진정한 영웅이라면 가장 밑바닥에서 시작해야지.

있을 뿐이요, 뼈와 살은 연화봉 위에 있어 이미 장례를 치러 태워졌을 것이다. 내가 나이가 어린 까닭에 아직 제자를 두지 못하였으니 누가 나를 위하여 사리(舍利 : 화장된 뒤에 나오는 구슬 모양의 유골)를 거두어 두었을까.'

이렇듯 두루 생각하니 마음이 서글퍼졌다. 이윽고 저승사자가 나와서 손짓하여 불렀다.

"이 땅은 곧 당나라 회남도의 수주현이며, 이곳은 양 처사의 집이다. 처사는 너의 부친이요, 그 부인 유씨는 너의 모친이다. 네가 전생의 인연으로 이 집의 아들이 되었으니 너는 빨리 들어가 좋은 때를 잃지 마라."

성진이 즉시 들어가 보았다. 처사가 칡베로 만든 두건에 시골 사람들의 옷을 입고 대청에 앉아 화로에 약을 다리는 중이었다. 그 향내가 옷에 스며들고 방 안에는 부인이 신음하는 소리가 은은하였다. 저승사자가 재촉하였다.

"방 안으로 들어가라."

성진이 의심하여 주저하자 저승사자가 등을 밀쳤다. 성진이 땅에 엎어져 정신이 아득하여 하늘과 땅을 분별하지 못하고 크게 부르짖었다.

"구아 구아(救我 救我: '나를 구해 주세요.'라는 뜻)."

그러나 소리가 목구멍 속에 있어서 말을 이루지 못하고 다만 어린아이의 우는 소리였다.

이렇게 하여 성진은 두 번째 삶을 살게 되는 거야. 그런데 성진이 다시 태어나게 되는 집이 재미있게 설정되어 있구나. 애초에 성진이 연화사에서 쫓겨나게 된 이유가 뭐였지? 세상에 나가서 출세를 하고자 하는 마음을 품었기 때문이잖아. 그 뜻에 맞게 다시 태어나려면 출세하기 좋은 곳에서 태어나야 하는데 오히려 그 반대였거든.

일단 그 아버지가 '처사(處士)'라는 걸 눈여겨보렴. 처사는 산속 같은 데서 숨어 지내는 선비를 말해. 공부도 많이 하고 능력도 있지만 세상에 나서길 싫어하며 고상한 데 뜻을 두고 사는 사람이지. 세상에 나가 벼슬을 하고 싶어 했던 사람이 그런 집에서 태어났다면 어땠겠어? 한편으로는 그 뜻을 펼치기 어려울 것도 같고, 또 한편으로는 그렇게 밑바닥에서부터 치고 올라오게 되면 훨씬 더 멋지고 훌륭해 보일 것 같구나.

또 하나 짚고 넘어가야 할 것은, 회남도의 수주 땅이야. 수주는 중국의 동쪽 끄트머리에 있어. 서쪽 끄트머리의 풍도로 갔다가 다시

동쪽 끄트머리의 수주로 가는 거지. 이 수주는 당나라 때 과거에 급제한 선비가 별로 없던 동네야. 한마디로 출세하기 어려운 곳이었지. 그렇다면 성진이 다시 태어난 곳은 그 집안으로 보나 지역으로 보나 썩 좋은 조건이 아니었던 거야.

이 모든 것이 육관 대사의 뜻이었으니 아마도 그럴 만한 이유가 있을 것 같아. 성진이 유혹에 빠져서, 절간에 앉아서 공부하는 것은 고통스럽기만 하고 별로 멋진 일이 아니라고 생각했잖아. 그러니까 이번에는 거꾸로 가장 낮은 곳에서 출발하여 가장 높은 곳까지 올라가 보도록 한 거야. 그 과정을 다 거치고 난 후에도 그런 생각이 드는지 시험해 보자는 것이지. 태어날 때 울음소리가 "응애 응애"라고 하지 않고 "구아 구아"라고 한 것도 그런 의미야. 성진이 다시 태어나서 새로운 세상에서 해야 되는 일이 바로 그 자신을 맨 밑바닥의 구렁텅이에서 구제해서 제일 높은 곳까지 끌어올리는 일이니까 말이지.

아무튼 이런 과정에서 태어난 아이가 양소유야. '소유(少游)'는 조금 논다는 뜻이니까, 이 세상에 잠시 놀다 간다는 정도의 의미로 보면 되겠지. 양 처사는 이 아이가 하늘에서 내려온 사람인 걸 대번에 알아보았지. 양소유가 자라 열 살이 되자, 양 처사는 자신의 비밀을 털어놓았어. 사실은 자신도 이 세상 사람이 아니라는 거야. 이제 이 세상에 오래 살았고, 또 봉래산에 사는 신선 친구가 자신을 부르니 그만 가 보아야겠다고 했어. 그러고는 아들은 부귀영화를 누릴 테니 걱정 말라며 흰 학을 타고 하늘로 사라져 버렸어.

양소유라는 영웅은 그렇게 탄생했어. 너무도 복잡한 과정을 겪었는데, 옛이야기에서 영웅이 태어나는 과정은 그렇게 오래도록 공을 들인 끝에 나온단다. 그 본래의 몸은 성진이라는 빼어난 승려이며, 승려로 있는 동안 당대 최고의 스승 아래에서 배웠고, 이 세상에 내려와서도 하늘나라의 신선을 아버지로 두었지. 그뿐 아니고 어머니는 나이 오십이 되도록 자식을 갖지 못하던 사람이라고 했어. 그만큼 특별한 존재라는 뜻이지. 보통 인간의 힘으로 태어난 게 아니라는 의미를 담고 있으니까.

전생의 몸도 별나고 전생의 스승도 별나며, 이 세상의 아버지도 별나고 어머니도 별나니 별난 인물이 생겨날 수밖에. 이제 양소유가 제 능력을 멋지게 뽐내 볼 차례가 왔구나.

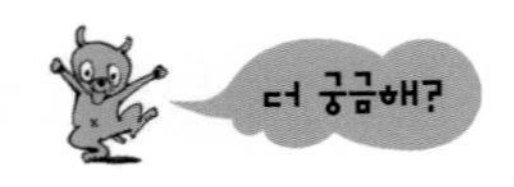

환몽 구조가 뭘까?

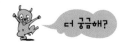

우리 문학에서 꿈을 다룬 대표적인 예는 『삼국유사』에 있는 「조신몽」입니다. 여기서는 승려인 조신이 태수의 딸을 사모하여 그녀를 배필로 맞게 해 달라고 부처님께 기원을 합니다. 그러다가 어느 날 꿈을 꾸었는데 태수의 딸이 자신을 좋아한다며 고백을 해 옵니다. 둘은 결혼하여 자식을 다섯이나 낳았지만 큰아이가 굶어 죽고 열 살 난 딸아이는 구걸하다 개에게 물립니다. 이런 참상을 겪으며 부부는 헤어지기로 하고는, 조신은 꿈에서 깹니다. 나중에 자식을 묻었던 곳에 가 땅을 파 보니 돌미륵이 나와서 근처 절에 그것을 모셔 두고는 평생 딴생각 없이 불교 공부에 힘썼습니다.

『구운몽』은 그런 '꿈의 문학'의 계보를 잘 잇는 작품입니다. '현실-꿈-현실'을 한 바퀴 돌아 본래의 인물을 되찾는 형식으로 흔히 '환몽 구조'라고 합니다. 그런데 그냥 꿈을 꾸고 돌아오는 게 아니라 그 과정 속에 일정한 변화가 있습니다. 『구운몽』으로 예를 들자면,

꿈꾸기 전에는 성진이었는데 꿈속에서는 양소유로 바뀌고, 꿈에서 깨고 난 후의 성진은 꿈꾸기 전의 성진과는 질적으로 다른 인물이기도 합니다. 이런 소설들을 뒤에 '-몽'자가 붙는다고 해서 '몽자류' 소설이라고들 하는데요, 『옥루몽』 같은 작품도 이에 해당합니다.

이와 유사하게 꿈속에서 한바탕 놀고 난 후 잠에서 깨어나는 이야기 형식으로 '몽유록'이라는 작품들도 다수 있습니다. 그러나 이런 몽유록에서는 꿈을 꾸기 전의 인물이 꿈속에서 그대로 동일한 사람이고, 꿈에서 깨어나면 꿈꾸기 이전의 그 사람으로 돌아옵니다. 단순한 액자 구조의 형식인 것이지요. 또 실제 작가가 1인칭인 '나'로 등장하여 이야기가 진행된다는 점에서, 3인칭의 허구화된 인물이 이야기를 이끄는 몽자류 소설과는 구분됩니다.

그런데, 이런 일이 꼭 꿈속뿐이겠어요? 요즘 많이들 하는 SNS의 대문에 걸려 있는 사진만 보아도 그렇지요. 한 번도 가 보지 못한 북유럽 풍경이 걸려 있기도 하고, 한창 크느라 비쩍 마른 친구는 근육질의 터프가이 사진을 걸어 두지 않던가요? 그런 것들이 마냥 헛것이 아님은 말하지 않아도 잘 알지요. 얼마나 절실했으면 그랬을까요? 또 그렇게 간절히 원하다 보면 이루어지는 일도 있겠고, 꼭 그렇게는 안 되더라도 그 덕에 어떤 방향으로든 변하기 마련입니다.

레벨 3. 세상 밖으로

출세하여 이름을 드날리려

홍아, 성진이 다시 양소유로 태어난 데까지 보았지? 너로 치자면, 신부님이 되기 위해 신학 대학에 진학하는 것을 포기하고 공군 조종사의 꿈을 키우게 된 그 시점이겠지.

그러나 그런 극적인 전환이 일어났다고 해서 사람이 아주 바뀐 것은 아니야. 네 꿈이 바뀌었다고 해서 독실한 신앙심마저 없어진 것은 아니듯이, 성진 또한 본바탕이 사라진 것은 아니었어. 워낙 빼어난 바탕이라 무엇을 해도 잘될 가능성이 컸다는 말이지. 재주나 총명함은 말할 것도 없고, 열네댓 살이 되었을 때는 잘생긴 얼굴에

집이 좁구나. 이제 더 큰
세상으로 떠나 볼까.

풍채가 훤했어. 글씨도 잘 썼고 문장도 잘 지었으며, 칼 쓰는 법까지 귀신 같았지.

전생에 도를 닦은 사람이라 보통 사람과는 달랐던 거야. 얼마나 대단했는지 고을의 태수가 신동이라고 하여 조정에 추천을 하기도 했어. 그러나 양소유는 늙은 어머니를 위한다는 이유로 나서지 않았지. 그의 효심을 드러내고 있지만 한편으로는 자신만만함의 표현이기도 해. 과거를 보아 장원을 하면 될 일인데, 굳이 남의 추천을 받아 벼슬에 나갈 필요가 없었을 테니까 말이야.

하지만, 그보다 더 중요한 일은 이번 장의 제목처럼 '세상 밖으로' 나가는 문제에 있을 거야. 어머니 핑계를 대고는 있지만 아직 세상과 만날 준비가 덜 되었다고 스스로 생각한 거지.

그러나, 언제까지 그렇게 있을 수는 없었어. 때가 오면 반드시 떠나야만 하는 거야. 전 세계의 모든 영웅 신화가 그걸 보여 주고 있지. 자신을 둘러싸고 있는 울타리는 안전한 보호막이 되기도 하지만, 한편으로는 다른 데로 나가지 못하게 막는 족쇄가 되기도 하거든. 그러니 영웅이라면 당연히 박차고 나갈 궁리를 하겠지.

우리의 주인공 양소유 또한 기회를 보아서 이렇게 나서지.

하루는 어머니께 고하였다.

"부친께서 하늘에 올라가실 때에 우리 가문이 번영하고 존귀하게 되는 것을 소자에게 부탁하셨습니다. 이제 집안 형편이 가난하고 어려워 노모께서 부지런히 일하시고 있습니다. 그러니 만일 제가 숨어서 집이나 지키는 개, 혹은 꼬리를 끌며 다니는 거북이의 꼴이 되어서 세상에 공을 세워 떨치는 명성을 구하지 아니하면 가문을 빛내지 못하고 노모님의 마음을 위로하지 못할 것입니다. 그렇게 되면 이는 부친께서 바라시던 뜻을 어기는 것입니다. 이제 들어 보니 지금 나라에서 과거를 열어 인재를 발탁한다 합니다. 제가 잠시 모친의 슬하를 떠나 과거를 보러 가려 합니다."

어머니 유씨는 아들이 범상치 않은 것을 이미 알고 있었기 때문에 걱정은 하면서도 흔쾌히 보내 주었어. 요즘엔 다 자라서도 그런 모험을 택하지 않는 '마마보이'가 너무 많아지고 있는데, 양소유도 그 어머니도 참 다르지?

과것길의 썸씽, 진채봉

양소유가 드디어 어른이 되는 첫발을 떼게 되었네. 그런데 중국이라는 데가 워낙 넓어서 과거가 열리는 장안까지 가기는 아주 힘이 들었어. 길도 좋지 않은 데다 교통편도 없었으니 왜 안 그랬겠어?

수주와 장안은 엄청난 거리야. 그 사이에 우리나라가 몇 개나 들어갈 정도야. 그 길을 심부름하는 아이 하나를 데리고 나귀를 타고 가야 했으니 얼마나 고생스러웠겠어. 그나마 아무 탈 없이 쉽게 가면 좋을 텐데, 그렇게 되지 않으리란 건 너도 짐작하겠지?

그런데 양소유에게 제일 먼저 닥친 난관이 무언지 아니? 놀라지 말고 들어. 바로 미인이었단다. 양소유가 화주의 화음현이라는 데 이르렀을 때 어떤 집에 예쁜 여자가 있는 것을 본 거야. 그게 무슨 난관이냐고? 시험 보러 가다가 그런 데 정신을 빼앗겼다면 난관이 아니고 무엇이겠어.

양소유는 멋들어진 버들가지 아래에서 시를 한 수 읊었어. 요새로 치면 그럴듯한 노래를 한 소절 부른 것과 같을 거야. 지금도 노래를 잘하면 이성의 마음을 붙들 수 있는 것처럼 그 여인도 양소유의 시에 흠뻑 반했지. 그리고 눈을 마주친 순간 찡하고 느낌이 통하고 만

거야. 그 여인의 이름이 바로 진채봉이야.

원래 이 여자의 성은 '진'이요, 이름은 '채봉'으로, 어사 벼슬을 하는 사람의 딸이다. 모친을 일찍 여의고 또 그 형제가 없으며 나이가 이제 막 결혼을 할 만한 나이였으며 아직 시집가지 않았다. 이때 어사는 서울에 올라가고 처녀 혼자 집에 있었는데 뜻밖에 용모가 비범한 남자를 만나 그가 지은 글을 듣고 생각하였다.

'여자가 사람을 좇는 것은 평생토록 큰일이다. 일생의 영화로움과 욕됨, 백 년의 괴로움과 즐거움이 다 남자에게 달린 것이다. 그런 까닭에 옛날에 탁문군 같은 여자는 과부로서 사마상여 같은 훌륭한 사람을 좇았다. 이제 나는 처녀의 몸이라 차라리 어른들의 중매에 따르지 않고 제 스스로 혼처를 정한다는 혐의를 받는 게 낫지, '신하도 임금을 가린다'는 옛 말이 있으니 저 남자의 성명과 사는 곳을 묻지 아니하였다가 나중에 아버지께 고하여 중매를 보내려 한들 동서남북 어느 곳으로 찾을 것인가.'

정말 대담하지? 여자가 남자를 보고 한눈에 반한 거야. 남녀의 차별이 심했던 예전에는 처음 만난 남자가 마음에 든다고 여자가 먼

아버지 허락을 구하다가는 놓치겠어!
내 뛰어난 글솜씨를 발휘할 때가 왔군!

저 내색을 한다는 건 상상도 할 수 없는 일이었어. 더구나 맘에만 품고 있지 않고 종이에 글귀를 적어서 유모 편에 전하기까지 했어. 만약 양소유가 혼인을 했다고 한다면 첩으로라도 들어갈 수 있으나 나이로 보아서는 아직 총각일 것 같다면서 말이지.

양소유는 풍류남아답게 당장 그날 밤에 보자고 답장을 전했어. 그러나 진채봉은 가볍게 처신해서는 안 된다고 생각했지. 날이 밝으면 보자고 다시 전했어. 자, 여기서 퀴즈 하나! 그날 밤, 양소유는 어떻게 되었을까?

> 이 밤에 양생이 여관에서 쉬는데 몸을 이리 뒤척 저리 뒤척이며 잠을 이루지 못하고 닭 울기만 기다리며 봄 밤이 도리어 지루하게 느껴졌다. 이윽고 샛별이 올라오며 북소리가 들려와서 동자를 불러 나귀를 먹이라 하더니 갑자기 수천 수만의 말과 병사 들이 떠드는 소리가 문밖에서 물 끓듯 하며 서쪽으로부터 들려왔다.

그래, 어떻게 잠이 오겠어. 그야말로 잠 못 이루는 밤이었지. 그런데 말이야, 그 밤이 다 새기도 전에 일이 터지고 말았어. 양소유는 진채봉을 만날 생각에 서둘러 나설 채비를 시켰지만, 전란이 일어난

거지. 무슨 전란이냐고? 역적이 일어나서 황제는 먼 곳으로 피난을 갔고 백성들은 마구잡이로 노략질을 당했어.

난리를 피해 도인을 만나다

그렇게 온 세상이 뒤집히고, 양소유는 몸을 피해 달아나. 숨어들어 간 곳은 남전산인데, 예로부터 좋은 옥이 많이 나고 도인들이 산다는 곳이었지. 그곳에서 양소유를 알아보는 사람을 만나게 돼.

양소유는 경황이 없어 놀라 겁을 먹고 동자를 시켜 나귀를 채찍질하여 몰게 하여 급히 남전산을 향하여 가서 바위틈에 숨으려 하였다. 그때 갑자기 산 위에 몇 칸 초가집이 있는데 색색깔 구름에 가리고 학의 소리가 맑고 곱게 울렸다. 그는 인가가 있는 줄 알고 동자에게 그곳에 잠깐 있게 한 뒤에 바위틈을 찾아 올라갔다. 거기에는 한 도사가 책상에 기대어 누웠다가 일어나 앉아서는 양소유에게 물었다.

"자네는 난리를 피해 다니는 사람이니 분명히 회남도의 양 처사 아들이로군."

저놈 잡아라!!

정말 기적 같은 일이지. 난리를 피해 산속 깊이 숨어들어 갔는데 아는 사람을 만나다니 말이야. 이 사람이 누구냐고? 양소유 아버지의 친구야. 양소유의 아버지가 신선이 되어 하늘로 날아갔잖아. 아버지 친구니까 이 사람도 보통 사람은 아니겠지. 작품에는 '도사'라고 나오니까 도가 튼 사람이야.

그를 알려면 먼저, 양소유가 왜 이 남전산으로 오게 되었는지를 살펴보아야만 해. 놀러 온 게 아니라 역적의 무리에게 쫓겨 왔잖아. 세상이 그만큼 어지러운 거야. 과거에 급제하여 나랏일을 하고 싶어 하는 양소유가 과거 보러 가는 길에 그 난리를 만났어. 당연히 내가 벼슬을 하게 되면 이런 못된 무리를 물리치고 백성들을 편안하게 해야 하겠다는 생각이 들겠지?

그렇게 무언가 중요한 임무를 행하도록 부르는 것을 '소명(召命)'이라고 해. 영웅이 되려면 그러한 소명에 응해야만 해. 자신에게 좋은 일만 하는 사람은 영웅이 될 수 없지. 세상 사람들 모두에게 좋은 아주 공적인 일을 감당할 수 있어야 하지.

그런 일들이 쉽게 풀린다면 또 이야기가 안 되겠지? 나만 해도 고전 문학을 하겠다고 국어국문학과에 호기롭게 입학을 했는데, 첫 수업에 들어오신 교수님께서 올해는 몇 명이 입학했느냐고 물으셨어.

"78명입니다." 그랬더니, "한 명쯤 학자가 나오겠군. 쓸 만한 학자는 십 년에 한 명쯤 나올 거고." 그러고는 대수롭지 않게 넘어가시는 거야. 우리 동기생들은 모두 부글부글했지. 신입생을 이렇게 무시할 수 있는지 분개한 거야.

세월이 지나고 보니 그 교수님 말씀이 맞았어. 나도 결국 교수가 되어 학자가 되긴 했지만 그분 마음에 들 만한 학자는 못 되는 거지. 그렇다면 그 어려운 소명에 제대로 따르기 위해서는 무엇이 필요할까? 바로 그 교수님 같은 사람이 필요하지. 먼저 그 공부를 해 나간 안내자 말이야. 나와 내 동기들이 변변한 항의 한 번 못해 본 것은 그분이 이룬 학문의 경지는 우리 같은 대학 신입생이 보기에는 까마득했기 때문이야.

영웅들의 이야기에서도 마찬가지야. 양소유를 보라고. 이제 열네댓 된 청년이 역적을 당해 낸다는 게 말이나 돼? 당연히 그런 어려운 일을 해 나갈 만한 능력을 길러야 하고 그 과정을 잘 안내하여 올바른 길로 인도할 사람이 필요한 거야.

할리우드 액션물이나 중국의 무협 영화에서도 종종 볼 수 있지. 주인공이 아주 어려운 상대를 만나 간신히 몸을 피해 숨어 지낼 때 어떤 특별한 사람이 나타나서 지침을 주는 거야. 지금 양소유 앞에 나타난

도인이 바로 그런 존재야. 게다가 아버지 친구라고 하니 완벽한 보호자가 될 수 있겠지. 자, 그렇다면 이 도인은 양소유에게 무엇을 일러줄까?

도사가 벽 위에 걸린 거문고를 가리키며 말했다.

"자네는 이것을 할 줄 아는가?"

양소유가 대답했다.

"본래 몹시 좋아하기는 합니다만, 스승님을 만나지 못하여 기묘한 곡조를 배우지는 못했습니다."

도사가 동자를 시켜 거문고를 양소유에게 주고 한 번 타 보라고 하였다. 양소유가 받아서 무릎 위에 놓고 〈풍입송(風入松: '바람이 소나무에 들다'는 뜻)〉 한 곡조를 타니 도사가 웃었다.

"손 놀리는 법이 가볍고 빠르니 가르칠 만하겠다."

그러고는 스스로 거문고를 옮겨서 지금껏 전혀 없던 네 가지 곡조를 차례로 가르쳤는데 그 소리가 맑고 고상하여 인간 세상에서 듣지 못하던 것이었다. 양소유는 본래 정신이 신통하여 음률을 한 번 배우자 그 신묘한 것을 모조리 익혀 막힘이 없게 되었다. 그러자 도사는 크게 기뻐하여 또 백옥으로 만든 통소를 내어 스스로 한 곡조를 불러 양소유를 가르치며 말했다.

"지음(知音: 음악을 알아줌)하는 사람이 서로 만나기는 옛 사람도 어려워하는 바인데, 이제 거문고 하나와 퉁소 하나를 자네에게 줄 테니 후일에 반드시 쓸 곳이 있을 것이다. 기억하여 두도록 하라."

그런데 좀 이상하지 않니? 양소유가 난리를 피해 여기까지 왔고, 후에 난리를 평정하게 될 영웅이라면 무기를 주든가 대단한 무술을 가르쳐야 할 텐데 뜬금없이 악기를 들고 나와. 무기와 악기는 정반대의 성향을 지닌 것이지. 무기는 사람을 죽이고 서로 대립하게 하지만, 악기는 사람에게 활력을 주고 서로 화합하게 하거든.

홍아, 사람이 살아가려면 그 두 가지가 모두 필요하단다. 힘이 없으면 역경을 딛고 앞으로 나아갈 수 없고, 화합하는 힘이 없으면 무자비한 공격성만 남아서 그 주변이 황폐해지니까. 그래서 신화의 주인공들이 악기를 가지고 다니는 일은 아주 흔해.

한 번 생각해 보렴. 어떤 우아한 귀부인이 피아노를 연주하는 것과, 별 네 개를 단 장군이 피아노를 연주하는 것. 어떤 게 더 멋있을까? 보기에는 귀부인이 더 좋을 것 같지만 사람들의 마음을 끄는 것

#처음_악기_배우던_날 #거문고_퉁소 #득템

은 장군일 거야. 장군은 힘을 쓰는 사람이라 음악과는 거리가 멀 거라 여겨지는데, 웬걸 연주까지 잘한다면 완벽 그 자체겠지.

게다가, 양소유는 한 번의 레슨으로 음악에 통달하게 되고, 거문고와 퉁소를 선물로 받지. 그뿐만이 아니야. 신비한 술책이 담긴 책까지 얻게 돼. 그런 책을 '방서(方書)'라고 하는데, 이 세 물건은 나중에 양소유가 능력을 발휘하는 데 쓰일 뿐만 아니라, 그것들을 지녔다는 사실만으로도 대단한 능력을 지녔다는 표시가 되기도 해.

전란을 피해 숨어들어 간 곳에서 뜻밖의 사람을 만나 특별한 능력을 키운 셈인데, 이런 식의 전개는 영웅 이야기에서 아주 흔해. 어려운 일을 겪으면 보통 사람들은 나가떨어지는 데 비해서 영웅은 고비마다 더 큰 힘을 얻어서 앞날을 대비하는 거지. 그리스 신화의 헤라클레스만 보아도 자신에게 주어진 과업을 하나씩 완수해 나가면서 완전한 영웅으로 변해 가잖아.

이제 남전산에서 만난 사람이 진짜 도사인 것은 명확해졌지? 도사는 양소유가 그 방서대로만 하면 오래도록 병 없이 잘살 것이고, 부귀영화를 누릴 거라고 예언했지. 양소유는 양소유대로 궁금한 것을 물었어. 무엇이었을까? 맞아, 막 사랑에 빠진 진채봉과의 앞일이 어떻게 될지 궁금해서 물었거든.

김만중, 똥개, 진채봉님이 좋아합니다.

양소유 스승님, 땡큐! 어디에 쓸지는 잘 모르겠지만요~~~.

남전산 도사 무기보다 더 힘이 센 것이 바로 화합!
(거문고 딴 사람 빌려주지 말고 혼자 잘 쓰삼. ☮)

도사는 앞날이 어둡다고 했고, 다른 인연들도 많으니까 거기에 너무 치우치지 말라고 했어. 또 과거는 내년으로 미루어졌으니 집에 돌아가라고도 했지. 양소유가 남전산을 나와 보니, 아니나 다를까 시험은 미루어졌고, 진채봉의 집으로 갔을 때는 그야말로 쑥대밭이었어. 진채봉의 아버지 진 어사는 난리 통에 역적으로 몰려 처형당하고, 진채봉은 노비가 되어 어디론가 갔다는 거야.

돌고 돌고 또 돌아서

양소유는 어쩔 수 없이 집으로 돌아왔어. 그리고 이듬해에 다시 과거를 보러 나섰지. 그런데 이번에는 직접 장안으로 가지 않고 낙양이란 데를 거쳐서 갔어. 낙양은 오래된 도시로 중국 여러 나라의 수도였던 곳이야.

낙수라는 물의 북쪽에 있기 때문에 '낙양'이라고 했지. 한강의 북쪽을 '한양'이라고 한 것과 마찬가지야. 옛날에는 그렇게 물의 북쪽을 '양', 남쪽을 '음'이라고 했어. 산의 경우는 그 반대이지. 남쪽이 양이고, 북쪽이 음이야. 진채봉이 살던 화음현은 화산의 북쪽이라는 뜻이야. 우리나라 경기도 안양시에 있는 관양동은 관악산의 남쪽이

우리 채봉이는
어디로 갔을꼬. ㅠ.ㅠ
나도
개궁금함.

라는 뜻이고 말이지.

낙양은 아주 화려했고 볼거리가 많았지. 풍류를 즐기는 양소유로서는 꼭 한 번 가 보고 싶은 곳이었고. 그래서 과거를 치러 가는 길에 유람 차 들러 보는 거야. 양소유는 낙양에 도착하자 가장 좋은 술이 어디 있는가 물었어. 사람들은 천진교 위쪽에서 파는 술이 가장 좋은데, 술 이름은 '낙양춘'이라고 했어. 그 말대로 천진교 쪽으로 나귀를 몰아간 양소유는 거기에서 또 한 명의 여자를 만나.

여기서는 그 여자가 기생 계섬월이라는 정도만 알아두도록 하자. 다음 장에 또 나오거든. 양소유는 낙양에서 계섬월과 인연을 맺은 후 최종 목적지인 당나라의 수도 장안으로 가서 시험을 치르고 장원 급제를 하게 되지. 이 과정이 간단해 보이지만 실제 그가 움직인 길을 따라가면 결코 간단하지가 않아.

줄거리도 정리해 볼 겸 양소유가 다닌 길을 좇아가 보자. 맨 먼저 수주의 집을 떠나서 화주의 화음현으로 가지. 거기서 전란을 피해 남전산으로 갔고, 다시 수주의 집으로 갔어. 그리고 그 이듬해에 낙양을 거쳐 마침내 장안으로 들어간 거야. 구불구불한 길을 따라 물도 건너고 산도 넘었을 테니 엄청난 강행군이었을 거야.

그만큼 양소유가 세상으로 나가는 길이 쉽지 않았다는 것을 보여 줘. 중간중간 자신의 인연을 찾기도 하고 재미난 에피소드가 없는 것은 아니지만, 단번에 들어갈 수 없는 사정을 간접적으로 표현해 준 것이지. 특히 전란이 일어나서 잠시 몸을 피한다는 설정이나 공연히 낙양을 거쳐서 장안으로 가는 우회로를 택하는 것들이 그래.

『구운몽』에서만 이런 일이 일어나는 거냐고? 우리 삶을 한번 보렴. 소중한 것들은 접근하기가 아주 어렵게 되어 있어서 언제나 몇 번의 실패와 시행착오를 거쳐야만 하지. 그리스 신화에 보면 '미궁'이라는 게 있잖아. 한 번 갇히면 빠져나오기 어렵게 되어 있는 궁이 바로 미궁이야. 다이달로스가 만들어서 미노타우로스를 가두었지. 미궁은 이집트에도 있었고, 영국에도 있었어. 공통점은 너무도 소중한 사람이나 물건이 그 중심에 있었고, 아무나 함부로 접근하지 못하도록 미로를 설치해 두었다는 점이야.

홍이는 지금 사춘기지. 흔히 질풍노도의 시기라고 하듯이, 마음속에 언제나 세찬 바람과 거센 파도가 일렁일 거야. 이럴 때는 이런 마음이 들다가 저럴 때는 저런 마음이 들어서 내가 정말 무엇을 원하는지 헷갈리기도 할 거야. 어쩌면 홍이가 어른이 되어 얻어야 할 무엇이 그만큼 소중하기 때문이지 않을까?

지금 네가 걷고 있는 길도 단번에, 일직선으로, 쉽게 다가설 수 없

고 여러 차례에 걸쳐, 구불구불한 길을, 아주 어렵게 가야만 겨우 찾을 수 있는 미로일 수 있겠다. 하지만 그 길을 잘 빠져나가면 너의 미궁 속에 감추어진 보물이 있을 거야. 양소유가 그 과정을 멋지게 펼쳐 보인 것처럼 말이야. 그러나 이것은 끝이 아니라 시작에 불과해. 진짜 모험은 이 다음부터지.

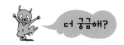

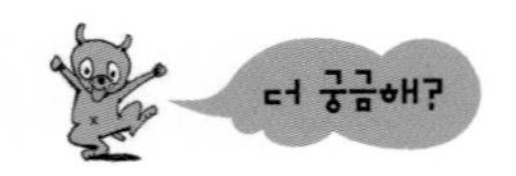

영웅이 그렇게 흔들리면 어떻게 하냐고?

여기저기 돌아다니며 여러 가지를 경험하는 것을 '편력'이라고 합니다. 『구운몽』에서는 이러한 '편력 구조' 또한 앞서 설명한 환몽 구조 못지않게 중요합니다.

혹시 어릴 때 『지각대장 존』이라는 그림책을 본 기억이 있는지요? 주인공 존이 이것저것 구경하며 즐겁게 등교하는 장면이 나옵니다. 존이 가는 길은 구불구불 여유 있는 형형색색의 길이었습니다. 그러나 선생님께서 존이 지각했다고 혼낸 이후로 직선으로 곧게 뻗은, 단색 톤의 음울한 길로 등교합니다. 사자나 악어를 만나기도 하는 신나는 모험을 빼앗겨 버린 것이죠.

양소유가 전란을 피해 숨었던 남전산은 장안에서 12킬로미터 정도의 거리에 있는 가까운 산입니다. 예로부터 유명한 도인들이 숨어들어서 세상을 잊고 지내던 곳으로 유명합니다. 마침 세상이 시끄러운 것을 보았던 양소유로서는 그런 데 숨어서 마음 편히 지내면 좋을 법하기도 했겠지요. 그러나 남전산 도인은 양소유에게는 양소유의 길이 있으니 세상으로 나아가라고 합니다.

만약 여러분이 정말 세상을 피할 뜻이 있다면 어떤 산으로 가야 옳을까요? 서울에서 가까운 산, 아니면 아주 먼 산? 당연히 먼 산이겠지요. 양소유는 과거를 보러 가던 길입니다. 세상에 대한 욕심이 아주 많은 사람이지요. 그런데 잠깐 남전산에 들어갔다고 세상을 등진다는 건 말이 되지 않습니다. 숨어 있으면서도 금세 나올 수 있는 산에 들어가서 잠깐 지금껏 생각해 왔던 길과 다른 길을 생각해 보는 거지요.

과거를 보기 위해 장안으로, 낙양으로 다니는 것도 그런 겁니다. 한눈팔지 않고 곧장 장안으로 가고, 과거에 급제하여 벼슬하고, 벼슬하다 퇴직하고 물러나와 편안히 노후를 보내는 단조로운 삶과는 다른 길을 찾아보는 것이지요. 그렇다고 끝없이 배회하면서 주변만 머뭇거리는 삶도 바람직하지 않아요. 곡선으로 에둘러 가면서도 한 방향으로 나아갈 때, 힘도 생기고 시야도 넓어지니까요.

직선으로 내달릴 줄만 알고 한 곳만을 고집하는 것도 문제이고, 이리저리 휩쓸리기만 해서 제 방향을 잃는 것도 문제입니다. 때로는 지그재그로, 때로는 곡선으로 둘러 가면서도 먼 데 목표 지점을 놓치지 마세요.

레벨 4. 짝을 찾아서

영웅을 알아본 기생, 계섬월

양소유는 우여곡절 끝에 장원 급제를 하여 벼슬길에 오르게 되었어. 그 과정에서 여러 미인들을 만나는데, 바로 성진과 함께 놀았던 팔선녀들이야. 성진이 양소유로 다시 태어난 것처럼 팔선녀들도 이 세상에 다시 태어난 거지. 홍이 나이는 한창 이성에 관심이 많을 때이니까, 양소유가 어떻게 미인을 만나는지 궁금할 텐데, 한마디로 각양각색이야.

성진과 함께 있던 팔선녀들은 모두 위 부인을 모시던 선녀라는 공통점이 있었지만, 양소유가 만나는 여덟 미인들은 신분도 다르고 성

띵땅 뚱땅 뚜시궁~

격도 다르고 사는 곳도 모두 다르지. 당연히 그들과 인연을 맺는 방법도 달라서 흥미로워. 이 대목은 바람둥이 얘기 같기도 해서 어떤 학자는 『구운몽』을 '음란 소설'이라고 하기도 했어.

남자와 여자가 만나는 것은 본래 간단한 문제가 아니야. 단지 서로 사랑하는 것을 넘어, 두 사람이 담고 있는 세상이 합쳐지는 것이기 때문이지. 그렇다면, 양소유가 만나는 여덟 여자들도 따지고 보면 각자의 세상을 담고 있겠고, 그 세상이 무엇인지를 살핀다면 『구운몽』의 의미가 더 잘 드러날 수 있을 거야.

이제 그들의 연애를 구경해 보자. 앞에서 진채봉을 만났다가 전란 탓에 헤어진 것을 기억하지? 두 번째로 나선 길에서는 낙양에서 계섬월을 만나게 돼. 양소유가 호기롭게 천진교 근처에 가 보았더니 낙양성 안의 귀족 자제들이 모여서 유명한 기생과 함께 놀고 있다는 거야. 어차피 놀러 갔던 몸이니 그런 자리를 마다할 리가 없겠지. 그는 몸을 최대한 낮추어 눈치를 살피며 공손히 말했어.

"저는 먼 시골 선비로 과거를 보러 가는 길에 이곳에 이르러 풍류 소리에 젊은 마음이 그저 지날 수 없어 염치 불구하고 불청객이 스스로 왔사오니 공들께서는 용서하시오."

양소유가 잘생긴 데다가 언변까지 좋았으니 사람들이 놀라기는 했겠지만, 속으로는 촌뜨기 하나가 왔다고 생각했을 거야. 저런 사람이라면 글을 잘 못 지을 테니까 함께 시나 지으면서 놀자고 했지. 손님이니까 시를 안 지어도 좋겠다는 식으로 봐 주는 체했거든.

양소유는 그 놀이판을 슬쩍 훑어보았어. 계섬월이라는 기생 앞에 선비들이 휘갈겨 놓은 시를 적은 종이들이 켜켜이 쌓여 있었지. 그가 보니 한심하기 짝이 없는 거야. 낙양 땅에 인재가 많다고 하더니 헛말이라 하면서 양소유는 즉석에서 시를 한 수 지어 보였어. 그러자 계섬월은 다른 사람의 시는 다 제쳐 두고 양소유의 시를 가져다가 거문고 가락에 얹어서 노래를 불렀어. 양소유의 한판승이었지.

계섬월은 양소유에게 마음을 빼앗겨서 자기 집이 어디인지 가르쳐 주며 거기 가서 먼저 기다리라고 했어. 그날 밤 둘은 함께 시간을 보냈는데, 계섬월은 자신의 복잡한 사연을 이야기했지.

"제 한 몸은 이미 낭군께 맡겼으니 제 심정을 낭군께 대강 말하겠습니다. 제발 굽어살펴 들어주시어 제 처지를 불쌍히 여겨 주십시오. 저는 본래 소주 사람인데, 부친이 일찍 이 고을의 아전이 되었습니다. 그러나 불행히도 타향에서 죽어서 집안 형편은

내가 바로
그 유명한 계섬월♥
요즘 대세는 내숭이 아니라오.

바짝 기울었고 고향은 머나먼 데다 도와줄 사람도 없고 해서 관조차 옮길 도리가 없었습니다. 그러나 장사를 지내지 않을 수는 없어서 저의 계모가 저를 기생으로 팔아 백금을 받아 갔습니다. 저는 욕됨을 참고 설움을 머금고 기생으로 몸을 굽혀 남들을 섬겼는데 하늘이 불쌍히 여기시어 다행히 낭군 같은 군자를 만나 다시 해와 달의 밝은 빛을 보기를 바라게 되었습니다. 저의 집 앞이 곧 장안으로 가는 길이어서 오가는 사람들이 집 앞에서 쉬지 않는 일이 없었지만 그 이후 4, 5년 동안에 낭군 같은 이를 보지 못하였습니다. 평생소원을 오늘 밤에 이루게 되었으니 낭군이 만약 저를 더럽다 여기시지 않는다면 밥 짓는 종이나마 되기를 원하는데 낭군의 뜻이 어떠하십니까?"

처음 만났던 진채봉과 견주면 하늘과 땅 차이야. 진채봉은 높은 벼슬아치 집안의 규수였잖아. 그런데 계섬월은 기생이야. 물론 보통 여자들과 달리 글이나 글씨, 그림, 노래, 춤 등의 기예를 익혀서 문화적인 소양이 높았지만 세상의 인식은 그리 좋지 못했어.

그런데, 계섬월이 기생이 된 이유가 참 딱하잖아. 아버지가 객지에서 돌아가셔서 장례를 치를 형편이 못 되었고, 몰인정한 계모에

의해 강제로 몸이 팔린 거야. 결국 기생이 되고 만 계섬월은 어차피 신분상의 제약으로 정실부인이 될 수가 없었어. 첩으로나 살 수 있었는데, 그럴 바에야 훌륭한 남자를 만나겠다는 생각으로 오가는 사람들을 유심히 관찰하면서 기회를 엿보았던 것이지. 그러니까 양소유가 계섬월을 택한 게 아니라, 도리어 계섬월이 양소유 같은 남자가 나타나기만을 기다렸다는 말씀!

혼처로는 정 사도의 딸이 최고라는데

양소유는 양소유대로 걱정이 안 될 수 없었겠지. 제아무리 사랑하는 마음이 크다 하더라도 아직 어머니 허락도 받지 못했고, 설령 허락을 받는다 해도 나중에 정식으로 혼인한 부인이 생기게 되면 계섬월을 탐탁하게 여길지 걱정이었던 거야. 양소유가 그런 속내를 내비쳤지만 계섬월은 단호했어. 이미 양소유의 빼어난 글솜씨를 확인했으니까, 양소유는 분명 장원 급제를 할 것이고 그렇게 되면 온갖 미인들이 따르게 될 텐데 자기 혼자 양소유를 독차지할 생각이 없으니 아무 상관이 없다고 했지. 그러면서 좋은 혼처를 구해 장가들 것을 권했어.

양소유는 이미 마음에 두고 있는 진채봉의 이야기를 꺼내면서 자신이 동시에 두 미인을 얻었으니 큰 복이라 여겼지만, 계섬월은 세상에 미인이 많다면서 자신과 어깨를 나란히 하는 다른 지역의 기생과 적경홍의 존재를 일러 주었어. 뿐만 아니라 혼처로는 명망 높기로 소문이 자자한 정 사도(司徒: 당나라 벼슬의 이름으로, 법 등을 담당하며 황제를 보필하는 최고 관직 가운데 하나)의 딸이 최고라고 말했지.

홍아, 벌써 머리가 어지럽지? 진채봉, 계섬월, 적경홍, 거기에 정 사도의 딸까지 여자들의 이름이 줄줄이 나오니까. 그러나 아직 멀었어. 여태 이름도 나오지 않은 미인들도 있으니까.

양소유는 어차피 장안으로 과거를 보러 가야 하니까 장안에 가서 정 사도의 딸을 만나면 된다고 생각했지. 장안에 들어선 양소유가 제일 먼저 찾은 곳은 자청관이라는 도교 사원이었어. 거기에는 양소유 어머니의 사촌 언니가 연사(도교에서 덕이 높은 도사를 일컫는 말)로 있었어. 성이 두씨여서 두 연사라고 하지.

사실은 양소유가 길을 떠나기 전에, 어머니가 편지를 써 주면서 미리 당부해 두었던 거야. 장안에 가면 두 연사를 찾아가서 적절한 혼처를 구해 보라고 말이지. 그래서 장안에 가자마자 두 연사부터 찾았건만 정작 그 반응이 신통치 않았어. 양소유에게 걸맞은 좋은

짝이 쉽게 구해질 것 같지 않으니 찬찬히 생각해 보겠다며 나중에 틈이 날 때 들르라면서 돌려보냈어.

그러니 양소유는 애가 타지 않았겠어? 과거가 코앞으로 다가왔는데 책이 눈에 들어올 리도 없고. 며칠이 못 되어 다시 두 연사를 찾아갔지. 그러자 두 연사는 양소유의 마음을 알아차리고 이렇게 말했어.

"한 곳에 처녀가 있는데 그 재주와 용모가 실로 너의 배필이 될 만하다. 다만 그 가문이 너무 높아 6대가 공후(公侯: 최고 작위를 가진 귀족)였고, 3대가 정승을 지냈다. 네가 만약 과거에 장원 급제하면 이 혼인이 가망이 있겠지만 그렇지 못하다면 입을 열어도 쓸데없으니 번거롭게 나를 찾지 말고 과거 공부에 힘을 써 장원 급제하기를 바라도록 하라."

양소유는 더욱 호기심이 생겨 그게 누구냐고 캐물었어. 아니나 다를까, 그 여자가 바로 정 사도의 딸이었지. 세상에! 어째 일이 척척 맞아 들어가는 것 같지 않니? 문제는 귀한 집 자제라서 쉽게 볼 수가 없다는 거야. 더구나 밖으로 잘 나오지 않을 테니 얼굴 한 번 보는 게 그야말로 하늘의 별따기란 말이지.

양소유가 여장을 하고 정경패를 만나다

양소유는 정 사도의 딸이 함부로 접근할 수 없는 여자라는 말을 듣고는 더욱더 보고 싶은 마음이 간절해서 두 연사에게 막무가내로 졸랐지. 그랬더니 두 연사가 대뜸 묻는 거야.

"조카는 혹시 음악을 좀 알아?"

정 사도가 늙고 병들어 바깥출입 없이 오직 음악에만 빠져 지내는데, 새로운 음악을 들으면 언제나 그 음악을 연주하는 사람을 불러서 딸과 함께 듣는다는 거지.

홍아, 이 대목에서 뭐 짚이는 게 없니? 그래, 맞아. 양소유가 남전산에서 배운 게 있잖아. 이런 걸 안성맞춤이라고 하는데, 사실은 이야기의 기본 틀이기도 해. 중요한 사건이 일어날 조건이 미리 준비되어 있거든. 때마침 도교에서 중시하는 인물의 탄신일이 다가와 그 기념 무대가 펼쳐지고, 양소유는 여장을 하고 그 자리에 나섰어. 기가 막힌 계략이었지.

정 사도의 딸은 이름이 정경패야. 무남독녀 외동딸로 잉태할 때 어머니의 꿈에 하늘에서 선녀가 내려와 명주(明珠: 빛이 고운 아름다운 구슬) 한 개를 방에 놓고 가는 꿈을 꾸었다고 해. 그래서 이름을 옥구슬 보배라는 뜻의 '경패'라 하고 애지중지 키웠는데 마땅한 짝을 찾지 못하고 있던 중이었어. 아무튼 작전은 대성공이었어.

양소유는 음악을 들려주고 그 평가를 받겠다는 핑계로 정경패 바로 곁에 바짝 붙어 앉았어. 그런데 신기하게도 양소유가 연주할 때마다 정경패는 그 곡이 어떤 곡이고 어떤 상황을 그려 낸 것인지 다 알고 있는 거야. 양소유가 연주하는 곡마다 해설을 달며 마치 어떤 장면을 보고 말하듯 훤했어. 남전산의 도사도 양소유에게 자기 음악을 알아주는 사람을 만나기는 옛 사람도 어렵다고 했잖아. 곧 자기를 알아주는 벗이라는 뜻인데, 정경패야 말로 양소유의 진짜 짝이라는 뜻일 거야.

그렇게 계획대로 순조롭게 일이 진행되는가 싶더니 맨 마지막 곡에서 일이 터지고 말았어. 역시 멋지게 연주를 했는데 정경패가 몸이 안 좋다며 갑자기 일어서는 거야. 정경패가 양소유가 남자인 것을 알아채고 만 거지. 그러나 내색은 못하고, 아프다는 핑계로 자리를 빠져나와서는 몸종인 가춘운에게 그 사실을 알렸어. 가춘운은 원래 정 사도를 모시던 아전의 딸인데 아버지가 일찍 죽는 바람에 정 사도 집에 맡겨진 인물이야. 신분으로는 몸종이지만 정경패와는 친구처럼 자매처럼 허물없이 지내는 사이였지. 또 빼어난 미인이기도

했고.

가춘운이 정경패를 보고 물었다.

"아까 모든 시녀들이 다투어 말하기를 '대청에서 거문고를 타는 여자 도사의 용모가 신선 같고 희귀한 곡조를 타니 아기씨께서 대단히 칭찬하신다.'고 했습니다. 그래서 제가 몸에 병이 있기는 해도 한번 구경 가려던 참이었는데 그 여자 도사가 어찌 그리도 빨리 가셨습니까?"

정경패가 얼굴을 붉히며 천천히 말했다.

"내가 몸가짐을 예의범절에 맞게 하고 마음가짐을 옥같이 곱게 하여 내 종적이 내가 있는 규방 밖으로 나지 않아서 어떤 친척에게도 미치지 않은 것을 너도 아는 바이다. 그런데 하루아침에 남에게 속아 수치를 당하니 차마 어찌 낯을 들어 사람을 대하겠느냐?"

그런데 정경패는 어떻게 양소유의 실체를 알아낸 걸까? 양소유가 맨 마지막에 연주한 노래가 〈봉구황곡(鳳求凰曲)〉이었거든. 바로 '봉새가 황새를 구하는 노래'라는 뜻이야. 홍이도 봉황이라는 새를 알

지? 이 새는 전설상의 새로 세상이 잘 다스려지면 나타난다고 하고 예로부터 황제의 상징이었어.

봉은 수컷, 황은 암컷을 가리켜서 그 둘을 합쳐서 봉황이라고 하지. 그러니까 〈봉구황곡〉은 남자가 여자에게 사랑을 구하는 구애의 노래라는 말이거든. 양소유가 제아무리 여자로 변장했더라도 그런 곡을 여자 앞에서 연주하는 것을 보면 남자가 틀림없는 거지. 그런 줄도 모르고 듣고 있다가 마지막에는 낯선 남자에게 구애까지 받으며 희롱당했다고 생각한 거야.

선녀로 나타난 가춘운

양소유는 과거를 치렀고 예상대로 2차, 3차 시험에 연거푸 장원 급제했어. 그는 한림학사(翰林學士) 벼슬을 제수 받았지. 한림학사는 국가의 문서 작성 등을 맡는 벼슬로 글을 잘 짓는 사람만이 할 수 있었으니 양소유에게 제격이었지.

정 사도는 이번에 장원 급제한 사람이 인물도 풍채도 좋을 뿐만 아니라 문장으로 최고라는 소문을 듣고 그를 사위로 삼았으면 했지. 결국, 정 사도는 양소유를 사위로 들이기로 결정했는데, 정경패는

조금 못마땅했어. 전에 한 행실이 괘씸하기도 하고, 점잖은 사람이 아니라 여겼기 때문이지. 그래서 아버지께 혼인할 수 없다며 사실대로 말했지만 아버지는 도리어 그런 일이 있다면 풍류를 아는 대장부라고 치켜세우기에 바빴어.

혼례 절차는 일사천리로 진행되었어. 혼인날도 정해지고 신랑 집에서 폐백이 오고, 양소유는 이제 어엿한 사위 자격으로 별채에서 지내게 된 것이지. 그런데, 문제가 하나 생겼어. 정경패와 단짝으로 지내던 가춘운이 너무 외롭게 된 거야. 정경패가 춘운의 침실을 지나다 보니, 그녀가 비단신에 수를 놓다가 깜빡 잠이 들었는데 그 옆에 이런 시가 놓여 있었어.

네가 귀한 사람을 만나 서로 친한 것을 좋아하여
걸음 옮길 때마다 함께 다녀 한시도 버리질 않았네.
촛불 끄고 비단 휘장 속에 옷 벗고 자려 할 때는
상아로 만든 침상 아래 너를 내던져 버릴 테지.

가춘운이 쓴 시인데 참 슬픈 내용이야. 여기에서 '너'는 비단신을 말하는데, 신발에 자기의 신세를 빗대 놓은 거야. 지금까지는 정경패와 서로 의지하며 잘 지내 왔지만, 정경패가 결혼하여 떠나게 되면 결국 자기 혼자 외톨이가 될 거라는 내용이지. 마치 자신이 정경패의 신발처럼 늘 함께 다녔지만, 정경패가 혼인한 후에는 침상 밑에 버려질 가련한 신세라는 뜻이야.

정경패는 가춘운의 속마음을 즉시 헤아렸어. 자기가 모시게 될 남자를 함께 모시고 싶어 한다는 거지. 지금 생각하면 말도 안 되는 일이지만, 옛날에는 그런 일이 종종 있었어. 왕족이나 귀족에게는 흔한 일이기도 했지.

정경패는 즉시 어머니에게 가서 가춘운이 별채에 있는 양소유의 잔심부름을 하면서 그를 모시도록 하면 어떻겠느냐는 제안을 했어. 정경패는 꾀를 하나 내어 양소유가 전에 자기를 속였듯이 이번에는 자신이 양소유를 속여 보기로 했어. 그녀는 즉시 친척 오빠 되는 정십삼을 불러 일을 진행했어. 정십삼은 정경패의 계획대로, 양소유를 불러 장안 근교의 종남산이라는 산으로 가자고 했어. 가끔 신선이 나오는 신비로운 곳이라며 양소유를 끌고 갔어. 산골 깊숙한 곳에 이르자, 정십삼의 종이 헐레벌떡 와서 부인이 아프다는 소식을 전했어. 정십삼은 황급히 집으로 돌아가고 양소유만 남았는데, 물 위에 떠 있는 계수나무 잎새에 시가 한 수 써 있는 거야.

아, 가춘운이여,
나는 이제 외톨이-
우린 이제 굿바이-
할 수 없지 영원히-

신선의 삽살개가 구름 밖에서 짖으니

혹시 양씨 낭군이 오는 것이 아닌가?

정말 귀신에 홀린 듯했지. 도무지 사람 사는 곳이 아닌데 그런 글을 누가 지은 건지, 또 사람이라면 자신이 올 것을 어떻게 알았는지 의아했던 거지. 더 깊숙이 들어가니 이번에는 푸른 옷을 입은 어린 선녀가 시냇가에서 옷을 빨다가는 "낭자, 낭군께서 오십니다!"라고 소리를 쳤어. 시내 맞은편에는 정자가 있었는데 그 정자에 웬 미인이 있었지. 붉은 비단옷을 입고, 비취 비녀를 꽂고, 허리에 옥 패물을 찬 폼이 영락없는 선녀였어.

더욱 놀라운 것은 양소유를 보자마자 "양 낭군께서 왜 이리 늦으셨습니까?"라고 채근하는 거야. 자신을 낭군이라고 하는 것도 이상하고, 약속한 일도 없는데 늦었다고 뭐라 하는 것도 이상했지. 그 여자는 차분히 자신에 대해 이야기했어. 자신은 본래 선녀였는데 신선의 심부름을 하다 조금 실수가 있어서 귀양을 왔고 마침 돌아갈 날인데 양소유를 만나고 가기 위해서 일부러 하루를 늦추었다고 말이야. 그렇게 하여 그 둘은 좋은 밤을 보냈고, 양소유는 그녀에게 자기의 한삼(손을 감추기 위하여 두루마기나 저고리 소맷부리에 덧대던 것) 소매를

떼어 내서 시를 적어 정표로 주었어.

그렇게 꿈같은 밤을 지내고 둘이 헤어졌는데, 며칠 후 정십삼은 전에 놀러갔던 곳으로 다시 가 보자고 하는 거야. 양소유 또한 그 선녀가 그리워서 함께 가게 되었어. 그런데 정십삼이 한 무덤을 지나던 중에 여기가 바로 어떤 미인이 스무 살에 죽어서 묻힌 곳이라며 술이나 한 잔 부어 주고 가자고 했어. 가만 보니 무덤 틈에 천 조각이 하나 있는 거야. 꺼내 보니 자신이 그 선녀에게 주었던 한삼 조각이었어. 양소유는 자신이 하룻밤을 함께 보낸 여자는 선녀가 아니라 귀신이었던 것을 깨달았지.

그렇게 허망하게 돌아오고 나니 더욱 그녀가 그리워졌지. 그런데 그 밤에 다시 그녀가 나타난 거야. 그렇게 하여, 정 사도 집 별채에서 그녀와 두 번째 밤을 보냈고 양소유는 계속 별채에서 나오질 않았어.

4인 4색, 네 명의 미인

그 모든 것은 정경패의 계략이었고, 처녀 귀신으로 나온 여자는 바로 가춘운이었어. 양소유는 자신이 속았다는 것을 깨닫게 되고, 그렇게 한바탕 속으면서 가춘운과도 인연을 맺게 되었어. 물론, 정경패와 그 부모님께 지난날의 잘못을 사과하고 말이지. 이렇게 하여, 진채봉, 계섬월, 정경패, 가춘운 네 여자와의 만남이 이루어졌어. 나중에 다시 만나 정식으로 혼인하는 일이 남아 있긴 하지만, 일단 이 네 사람과의 인연이 『구운몽』의 전반부에 배치되지. 나머지 네 사람과의 인연도 드러나야 여덟 미인의 전체가 그려지겠지만, 우선 이 네 사람만으로도 알 수 있는 일이 많아.

첫째, 미인들의 처지가 아주 달라. 진채봉은 본래 귀족 가문인데 집안이 몰락하면서 노비가 된 여자야. 또, 계섬월은 아전의 딸이었는데 기생으로 팔려 간 여자이고, 정경패는 최고 벼슬아치의 외동딸이며, 가춘운은 정경패의 몸종이야. 성진과 함께했던 팔선녀는 모두 위 부인을 모시고 있었지만, 인간 세계로 내려온 미녀들은 아주 다양한 신분으로 나타나게 되지. 한 인간이 한 인간을 만나 사랑하고 결혼하는 것은 한 세상이 다른 한 세상을 만나 하나가 되는 거야. 양소유는 여러 여인들을 만나면서 온갖 세상을 자기 세상으로 만들어 가고 있어.

둘째, 미인들은 예쁠 뿐만 아니라 각기 다른 개성을 갖고 있어. 진채봉은 새침한 듯하지만 글로 자신의 뜻을 전달할 만큼 적극성을 지닌 사람이지. 그러나 신분이 낮아지게 되면서 그 한이 응어리로 남게 돼. 계섬월 또한 몸이 팔려 천한 신분이 되었다는 점에서 역

그런데 말입니다.
김만중 아저씨는 양소유와
미인들을 어째서
만나게 했을까용~~?

그것이 알고싶다!!

시 한이 많았지만, 격식에 매이지 않는 신분을 적극 활용해서 자신의 삶을 바꾸려고 하는 현실적인 면모를 보여. 정경패는 위풍당당하여 남성에게 조금도 꿇리지 않는 면모를 자랑해. 든든한 집안 배경 탓도 있지만 품성도 타고났지. 가춘운 같은 처지의 사람을 배려하는 따뜻하고 매력적인 여자야. 가춘운은 몸종이라는 신분 탓에 매우 순종적이야.

어때? 양소유가 신분도, 개성도 각기 다른 여자들을 만나는 걸 보면 거의 신공 수준이지? 이에 대해서는 다음에 또 다루기로 하고, 이제 그만 다음 장으로 넘어가 보자.

진채봉
무남독녀 외동딸
중매 사절
내 인연은 내가 찾는다.
계섬월
아버지 장례 치를 돈이 없어서 기생이 되었지만, 노래와 춤, 시와 문장 짓기는 누구에게도 뒤지지 않을 자신이 있음.
가춘운
정경패 아기씨를 모시고 있어요.
자수 좀 놓습니다.
정경패
집안 짱, 품성 짱
한 음악 합니다~~
무남독녀 외동딸

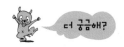

양소유가 이상형이 있기는 한 거야?

『구운몽』을 읽다 보면 짜증이 난다는 사람들이 있습니다. 특히 여자들이 더 그렇습니다. 아무리 좋게 봐주려 해도 양소유가 바람둥이로밖에 보이지 않기 때문이겠지요.

유럽의 유명한 사랑 이야기 가운데 『트리스탄과 이졸데』가 있습니다. 왕자 트리스탄이 태어나기도 전에 아버지가 죽고, 어머니마저 그를 낳고 얼마 안 돼 세상을 떠났습니다. 그는 왕인 삼촌 밑에서 훌륭한 기사로 자랐는데, 왕비가 될 여자인 이졸데를 데리러 갔다가 그만 사랑에 빠집니다. 사랑의 묘약을 마셨으니 어찌할 수 없었지요. 왕의 부인을 사랑한 탓에 그는 추방당합니다. 다른 나라에서 무공을 세우고 이졸데라는 이름의 여자를 아내로 맞이하지만 처음의 이졸데를 잊지 못하여 병상에 누워서도 사람을 시켜 그녀를 데려오도록 합니다. 마침내 처음의 이졸데가 그에게로 오지만 질투심이 발동한 나중의 이졸데가 한 거짓말 때문에 트리스탄은 결국 죽고 맙니다.

이 이야기가 서구 연애 문학의 원형처럼 전해지는 것은 주인공 트리스탄이 두 명의 이졸데 사이를 방황하기 때문입니다. 흔히 처음의 이졸데를 '금발의 이졸데'라고 하고 나중의 이졸데를 '흰 손의 이졸데'라고 하는데, 트리스탄이 둘 사이에서 방황하는 것이 이야기의 처음과 끝입니다. 그러나 어느 이졸데도 트리스탄을 사랑하지 않은 것이 아니며, 어느 이졸데에게도 특별한 잘못이 없다는 데서 사태가 심각해집니다. 이는 트리스탄에게 특별히 문제가 있어서라기보다 사람들의 마음속에 두 가지 서로 다른 이상이 공존하기 때문입니다.

흔히 최초로 겪게 되는 이성은 부모님과 연관되곤 합니다. 남자라면 어머니상, 여자라면 아버지상이 이상형이 되는 것이지요. 그래서 친숙한 이성에게 쉽게 끌리게 되지만, 그런 이성상은 너무도 친숙한 나머지 그 반대편 성향의 이성에 이끌리기도 합니다. 현실에서도 남자들은 가장 어머니 같은 여성과 가장 어머니 같지 않은 여성 사이를 방황하는 일이 많지요.

이렇게 보면, 현숙한 귀족 여자에 끌리다가 금세 재기 발랄한 여자에게 끌리고, 속세의 여자와 연애를 하면서 선녀에게도 혹하는 양소유가 이해되기도 합니다. 금발의 이졸데와 흰 손의 이졸데 사이를 오가는 트리스탄이나, 전혀 다른 성향의 여자들 사이를 오가는 양소유가 사실은 그리 특별한 경우가 아니라는 말입니다.

레벨 5. 성공, 또 성공

세상에 나서야 할 때

홍아, 이쯤에서 조금 이상하다고 생각할지도 모르겠다. 이야기가 중반으로 접어들었는데도 주인공의 영웅다운 면모가 별로 보이지 않잖아. 아닌 게 아니라 지금까지의 이야기만으로 보자면, 양소유가 여자 꽁무니나 쫓아다니는 바람둥이처럼 보일 수도 있겠다.

실망하지 않아도 돼. 이제부터 본격적인 영웅담이 시작되니까. 우선 양소유의 어머니에 대해 말해 보자. 양소유가 어렸을 때 아버지는 신선이 되어 올라갔다고 했지. 그래서 어머니와의 관계가 남달랐을 거야. 그렇게 각별한 어머니를 오래도록 뵙지 못했으니 얼마나 그리

웠겠니? 마침내 정경패와 혼인을 하게 되어 곧 어머니를 모셔다 정식 혼례를 치르기로 했으니 얼마나 좋았겠어. 그런데 이제나 저제나 짬을 내려 하는데 벼슬에 매여 있어 집에 가기가 어려운 거야. 결국 황제께 그 사정을 아뢰고 고향에 내려갈 기회를 얻었는데 글쎄, 나라에 큰 변고가 생긴 거야. 변방에서 반역이 일어났지 뭐야.

지금의 티베트 지역에 살았던 토번족들이 자주 변방을 침입하였는데, 황하 북쪽 지역을 지키던 장수들 셋이 스스로 왕이라고 지칭하면서 제멋대로 날뛴 거야. 황제의 승인도 없이 '연왕', '위왕', '조왕'이라고 하면서 말이야. 황제는 신하들을 불러 대책을 논의했지.

다들 별다른 대책을 내놓지 못할 때 양소유가 나섰어. 나라의 중요한 문서를 작성하는 한림학사답게 양소유는 먼저 임금의 조서를 내려보내서 잘못을 깨우치게 하자고 제안했어. 그래도 항복하지 않으면 그때 군사를 보내서 격퇴하라고 했지. 황제는 그렇게 하도록 했고, 당연히 양소유가 그 문서를 지었는데, 천하의 명문이었어.

그 조서를 내려보내자 조나라와 위나라의 반란군들은 잘못을 뉘우치며 항복했어. 그뿐이 아니라 각각 비단 만 필과 말 천 필을 바치기까지 했어. 그러나 스스로 연왕이라고 부르며 날뛰던 무리만은 달랐어. 장안에서 가장 멀리 떨어져 있는 데다 자기들 군대의 힘이 강

하다고 생각했거든. 어쨌거나 황제는 양소유의 공을 치하하면서 상을 주고 벼슬을 높여 주려 했는데, 양소유는 사양하며 받지 않았어. 대신 자신이 연나라에 가서 항복을 받아 오겠다고 했지. 마침내 양소유는 연나라에 사신으로 가게 되었어. 연나라에 가려면 낙양을 거쳐야 했어. 과거 보러 가던 수험생으로 지났던 길을 임금의 사신으로 다시 가게 되었으니 감회가 남달랐을 거야. 게다가 낙양이라면 계섬월과의 추억이 깃든 곳이잖아. 그러나 계섬월은 이미 자취를 감춘 뒤였어. 들리는 말에 따르면, 어떤 손님을 만난 뒤로는 술집을 떠나 도사 복장을 하고 떠돌아다닌다고 했지. 양소유는 여관 벽에 계섬월을 그리는 시를 한 수 남기고 연나라로 떠났어. 예상하듯이 연왕은 양소유의 말에 굴복하여 항복했고 사신 임무도 잘 수행했지.

남장 미녀 적경홍

양소유가 다시 먼 귀환길에 올라 한단이라는 지역을 지나게 될 때였는데, 멀리서 잘생긴 소년 하나가 눈에 띄는 거야. 멀리서 보아도 멋있었던 게지. 타고 있는 말도 준마임이 분명했고 말이야. 양소유는 그 소년을 데려오라고 명했어. 소년은 양소유에게 다가와서 공손하게 말했지.

"저는 북방 지역 사람으로 적백란이라고 합니다. 궁벽한 시골에서 나고 자라 큰 스승과 어진 벗을 만나지 못하여 학업이 매우 얕아 글공부나 검술을 이루지 못하였습니다. 그저 저를 알아주는 벗 하나를 위하는 일념으로 죽고자 했으나 이제 나리께서 사신으로 하북을 지나시는데 보니 위엄과 은덕이 두루 갖추어져 있습니다. 그래서 사람들이 모두 감동하여 우러러 사모하는 마음이 그지없습니다. 저의 비천함과 졸렬함을 생각지 아니하고 나리의 문하에 맡겨서 자잘한 재주나마 바치고자 하였습니다. 그런데 나리께서 아랫사람을 사랑하시므로 뵙게 되오니 이야말로 옛말에 '한 소리가 서로 응하고, 한 기운이 서로 통한다.'는 격입니다."

그렇게 양소유는 다시 낙양을 지나다 누각 위에 있는 한 여인을 발견했어. 다름 아닌 계섬월이었지. 양소유는 계섬월을 반갑게 맞이했는데 이틀이 지난 후 이상한 소문이 도는 거야. 계섬월과 적백란이 서로 좋아한다는 거야. 양소유가 가 보니 둘이 손을 잡고 즐거워하는 듯

나는 아직 배가 고프다! 출세하려면 일, 일을 해야 해!
나 이러다가 죽어!!!

했어. 양소유를 보자마자 적백란은 도망쳐 버렸어.

그날 밤 양소유가 계섬월과 술을 마시다 취해 잠들었는데 다음 날 아침 눈을 떠 보니, 거울 앞에 있는 여자가 계섬월이 아니라 적백란인 거야. 그것도 아주 예쁜 여자 얼굴을 하고 말이지. 사실 적백란은 소년이 아니라 소녀였어. 전에 계섬월이 말했던 적경홍이라는 유명한 기생이었지. 계섬월과 친구여서 그렇게 다정하게 지냈던 것이고, 너무도 친해서 언제든 좋은 배필을 만나면 함께 모시고 살기로 약속했다는 거야. 전날 밤의 일도 계섬월이 시킨 것이었고. 마치 정경패와 가춘운이 그랬던 것처럼 한 짝으로.

양소유가 만난 여자들이 거의 그렇지만, 적경홍이 털어놓는 사연 역시 절절했어. 자신도 훌륭한 사람을 섬기고 싶었지만 연왕이 자신의 명성을 듣고 궁녀로 뽑아 가두어 버렸다는 거야. 그래서 어쩔 수 없이 갇혀 지냈는데 연왕이 황제의 사신으로 온 양소유를 위해 연 잔치에서 양소유를 보자마자 반해 버린 거야. 이제 자신이 평생 모실 남자는 양소유뿐이라는 것을 알고, 남장을 한 후 천리마를 타고 양소유를 따라 나섰던 거지.

그런 사연을 말하면서 이제 소원이 다 이루어졌으니 계섬월과 함께 지내면서 다시 만날 날을 기다리겠다고 했어. 하긴 황제의 명령

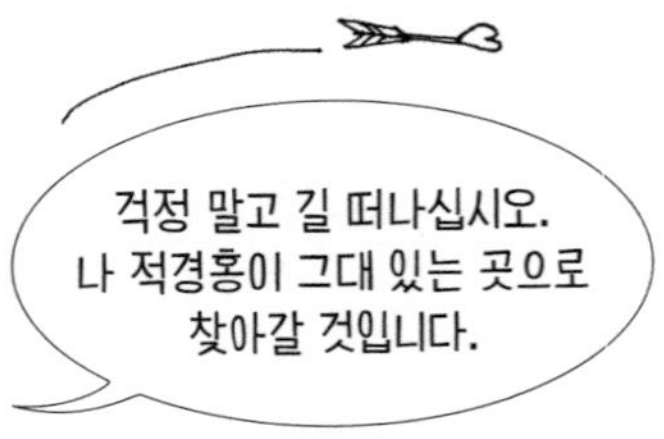
걱정 말고 길 떠나십시오.
나 적경홍이 그대 있는 곳으로
찾아갈 것입니다.

을 받고 공무를 수행하는 길이니 기생들과 어울렸다고 하면 좋을 게 없지. 그래서 훗날을 기약하고 두 미인과 헤어졌어. 이렇게 해서 양소유는 다섯 번째 미인까지 얻게 되었어.

이번에는 궁궐이다, 공주 이소화

이로써 양소유의 앞날은 그야말로 탄탄대로! 거칠 것이 없었지. 힘 하나 안 들이고 반란을 제압하는 재주를 보였으니 황제로서는 더욱 아낄 수밖에. 황제는 양소유에게 땅을 내려 제후로 삼고자 했지만 그가 사양해서 예부상서의 벼슬을 주고는, 틈 날 때마다 그를 불러 함께 이야기하기를 좋아했어. 양소유는 집에 들어가지 못하고 궁궐 안의 한림원에서 머무는 경우가 많아졌지. 요즘말로 숙직을 하는 거야.

그럴 때마다 양소유는 외로운 마음에 통소를 불곤 했어. 기억하지? 남전산 도사에게서 받은 그 푸른 옥으로 된 통소 말이야. 그 소리가 얼마나 오묘했던지 궁궐 뜰에 푸른 학 한 쌍이 와서 놀고 갔다고 해. 학은 본래 흰 색이니까, 푸른 학이라면 인간 세계의 학이 아니라는 소리이고, 양소유가 신선의 음악을 한다는 뜻이거든. 하긴

양소유가 배운 소리가 사실은 신선의 소리니까 당연한 일이지.

그런데, 신기하게도 그 학이 사랑의 메신저가 되었어. 무슨 말이냐면, 황제의 어머니인 황태후에게는 2남 1녀가 있었거든. 큰 아들이 황제이고, 둘째 아들이 월나라 왕이며, 나머지가 외동딸인 난양 공주였어. 난양 공주도 통소를 잘 불었다는군. 서역의 먼 나라에서 바친 백옥으로 된 통소를 아무도 불지 못했는데 그녀만이 불 수 있었다고 하니까. 태몽에 신선의 꽃이 나왔다고 하니 그럴 법하지.

공주의 이름은 이소화야. 양소유 앞에 나타난 여섯 번째 여자지. 그런데 그녀가 통소를 불면 뜨락에 푸른 학이 내려앉곤 했는데, 어디선가 들려오는 통소 소리에 그쪽으로 날아가 버리는 거야. 그 소식을 들은 황제는, 드디어 공주의 남편감이 나타났다고 생각했고 즉각 태후를 뵙고 여쭈었지. 태후는 궁금한 마음에 양소유를 불러들였고, 그의 됨됨이를 파악했어.

그 자리에서 양소유는 지난 역사의 잘잘못을 막힘없이 이야기하며 황제와 글을 주고받았어. 또 황제를 모시는 수십 명의 궁녀들과 함께하게 되었는데, 황제는 양소유에게 궁녀들한테 글을 써서 주라고 명했지. 그 궁녀들이 문서를 쓰고 글을 짓는 일을 하고 있어서 양소유의 훌륭한 글을 보고 싶어 한다는 거야. 지금으로 치면 팬 서비

통소라면 나 이소화를 따라올
자가 없거늘. 제법이네!

스 같은 것일 텐데, 양소유는 거침없이 글을 써서 주었어. 그렇게 양소유는 황제가 주는 술까지 마시면서 잘 놀다가 돌아왔어. 그런데, 그날 황실에서는 양소유를 사윗감으로 확정했고, 다음 날 월나라 왕까지 양소유의 집에 와서 그 뜻을 전했어.

참 곤란한 일이야. 여느 집 같으면 별일 아니겠지만 상대가 누구야? 황제의 동생이잖아. 황제의 명령은 그렇게 쉽게 거스를 수 있는 게 아니야. 난감해진 것은 양소유만이 아니었어. 정경패의 아버지인 정 사도 또한 황제의 명을 거스르는 꼴이 되었어. 이 와중에 가장 어려운 처지에 처한 사람은 바로 진채봉이었어.

아니, 진채봉이 갑자기 어디에서 나타났냐고? 진채봉은 집안이 몰락하고 황궁에 궁녀로 들어갔던 거야. 난양 공주를 모시며 친구처럼 지냈고, 황제의 총애도 듬뿍 받고 있었지. 그런데 양소유가 궁녀들에게 글을 써 줄 때 그 글을 받은 사람 중의 하나가 바로 진채봉이었거든. 참 운명도 얄궂지? 더욱 놀라운 것은 양소유가 진채봉이 내민 부채에 써 준 시였어.

> 비단 부채 둥글둥글 밝은 달만 같아
> 미인의 옥 같은 손과 밝고 맑음 다투더라.

다섯 줄 거문고 속에 따스한 바람 많으니
품속으로 드나들어 쉴 때가 없더라.

비단부채 둥글둥글 달덩어리와 똑같고
미인의 옥 같은 손과 서로 따르는구나.
길이 없어 꽃 같은 얼굴을 가리어 물리치니
봄빛은 세상에 도무지 알지 못하더라.

진채봉은 가슴이 터지는 듯했어. 다시는 못 볼 줄 알았던 양소유를 다시 만났으나, 그는 자신을 전혀 알아보지 못했어. 더구나 시의 내용으로 보면 자신이 이미 황제의 여자가 된 걸로 양소유가 생각하고 있었기 때문이지. 사실은 황제가 진채봉을 총애하여 후궁으로 삼기는 했지만, 황후가 나서서 역적의 딸을 총애해서는 안 된다며 가까이 하지 못하게 했거든. 아무튼 진채봉은 양소유가 써 준 글을 보고, 예전에 양소유를 만나서 서로 글을 주고받던 생각이 치솟아 저도 모르게 부채 뒤에 자신의 글을 이어서 써 나갔지. 그런데 그만 일이 터진 거야. 황제가 양소유의 글솜씨를 다시 보고 싶어서 궁녀들이 받은 글을 올리라고 하지 않았겠어? 만일 황제가 진채봉이 뒤

에 쓴 글까지 보게 된다면 자기 속마음을 들킬 테니 얼마나 난감했겠어. 그러나 황제는 진채봉의 사정을 모두 듣고 그녀를 용서해 주었어. 진채봉의 글재주가 뛰어난 데다 난양 공주가 아끼는 사람이기 때문이었어.

난세는 영웅을 찾고

여러 가지 시험 끝에 양소유가 빼어난 사람인 것을 확인한 황제는 양소유에게 공주와 혼인할 것을 거듭해서 명했어. 그러나 양소유의 고집을 꺾을 재간이 없었지. 설령 황제는 이해한다 해도 황태후까지 이해시킬 수는 없었어. 딸을 사랑하는 마음이 큰 황태후가 모처럼 좋은 사윗감을 보았는데 놓칠 수 없었던 거지.

그러나 양소유는 황제의 명을 받아들일 수 없다는 상소문을 올려. 끝내 양소유는 황제의 명을 거역했다는 이유로 감옥에 갇힌 신세가 되었어. 하루아침에 죄인의 몸이 된 거지.

양소유로서는 정말 큰 위기가 닥친 셈인데, 여기서 양소유가 영웅이라는 것을 잊어서는 안 되겠지. 영웅은 언제나 위기가 닥칠 때 그 위기를 벗어남으로써 더 큰 힘을 얻는다고 했잖아. 위기에서 빠져나

올 힘은 자기 안에 이미 마련되어 있어. 양소유가 감옥에 있는 동안 어떤 일이 벌어지나 보자.

이때 토번이 강성하여 십만이나 되는 큰 군대를 이끌고 쳐들어 왔다. 변방의 고을들을 연거푸 함락하더니 마침내 그 선봉 부대가 위교(장안에 있는 다리 이름)에까지 이르자 황성(皇城: 황제가 있는 성)에 소동이 일어났다. 그러자 황제가 조정 가득 신하들을 모아 놓고 의논하였는데 어떤 신하가 이렇게 아뢰었다.

"황성의 군사가 수만을 넘지 못하고 바깥 지역에 있는 구원병은 미처 오지 못하고 있으니 잠깐 황성을 떠나 관동 지역으로 나가 계시면서 각도의 군사를 불러 회복하심이 옳을 듯합니다."

황제가 결정하지 못하고 멈칫대다가 말했다.

"신하들 가운데 오직 양소유가 꾀와 지략이 많고 결단을 잘하여 짐이 큰 인재로 여겼다. 전에 세 곳에서 항복을 받은 것이 다 양소유의 공이다."

그러고는 옥에 갇힌 양소유를 불러다 계책을 묻자 그가 이렇게 아뢰었다.

"황성은 종묘를 모시고 궁궐이 있는 곳인데 이제 만일 떠나시

내가 얼마나
몸이 부서져라 일했는데!
억울해! 억울해!

면 천하의 인심이 따라 요동칠 것입니다. 또한 강한 도적이 굳게 지키고 있으면 갑자기 회복하기 어려울까 합니다. 전에 대종 황제 때에 토번이 회흘과 함께 힘을 합하여 백만의 큰 군대를 몰고 서울을 침범하였는데 그때 군사의 힘이 지금보다 더욱 미약하였지만 곽자의가 말 한 필을 가지고 물리쳤습니다. 신의 재주와 지략이 비록 곽자의의 만분의 일에 미치지 못하오나 수천 명 군사를 얻어서 이 도적을 토벌하여 신을 다시 살려 주신 은혜를 갚을까 합니다."

어때? 과연 하늘이 낸 영웅이 맞지. 감옥에서 쓸쓸히 죽을 수도 있었지만 기회가 왔잖아. 나라에 난리가 났는데 구해 낼 사람이 없는 거야. '대체 불가능한 인력'이라는 말을 들어 봤니? 누군가가 대신할 수 없는 사람이라는 뜻이야. 내가 하는 일을 똑같이, 아니 나보다 더 잘하는 누군가가 있다면 내 힘은 보잘 것 없어지겠지. 그런데 어떤 일을 해낼 사람이 세상에 딱 한 사람뿐일 때, 더구나 그 일이 망해 가는 세상을 구해 내는 거라면, 그 사람은 영웅이자 구세주가 되겠지.

"난세가 영웅을 만든다."는 말을 들어 본 적 있지? 잘 다스려지고

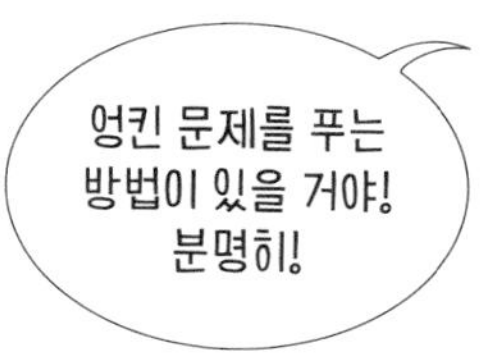

엉킨 문제를 푸는
방법이 있을 거야!
분명히!

있는 세상을 '치세(治世)'라 하고 어지러운 세상을 '난세(亂世)'라 하는데, 치세와 난세는 쉽게 뒤바뀔 수 있어. 치세일 때는 보통의 능력을 가진 사람도 제 역할을 잘해 나가지만 난세일 때는 여러 가지 악조건을 헤쳐 나가야 하기 때문에 그 이상의 능력이 필요한 법이야. 뛰어난 능력을 갖춘 인재도 치세에는 별로 빛을 보지 못하는 경우가 많기 때문에, 난세가 되어서야 비로소 그 진가를 인정받게 된다는 뜻이야.

이런 일은 현실에서도 많이 찾아볼 수 있어. 이순신 장군도 모함을 받고 관직에서 쫓겨나지만, 위기가 오니까 결국 다시 등장할 수밖에 없었지. 나라가 망할 때가 되어서야 다급한 마음에 영웅을 찾는 상황이 안타깝지만, 그 때문에 영웅의 능력은 훨씬 뛰어나 보이는 거지.

지금 양소유 앞에 놓인 상황도 꼭 그래. 외적이 십만 대병을 이끌고 쳐들어와서 수도인 장안까지 위협하는데 황성을 지킬 병사라고는 고작 수만에 불과해. 황제가 황성을 비우고 피란해야 한다는 말까지 나올 정도라면, 보통의 인물이 나서서는 해결할 수 없는 게 분명하지. 이럴 때는 능력을 검증받은 사람을 쓰기 마련인데 양소유가 바로 그런 사람이야. 변방에서 반란이 일어났을 때 무력을 쓰지 않

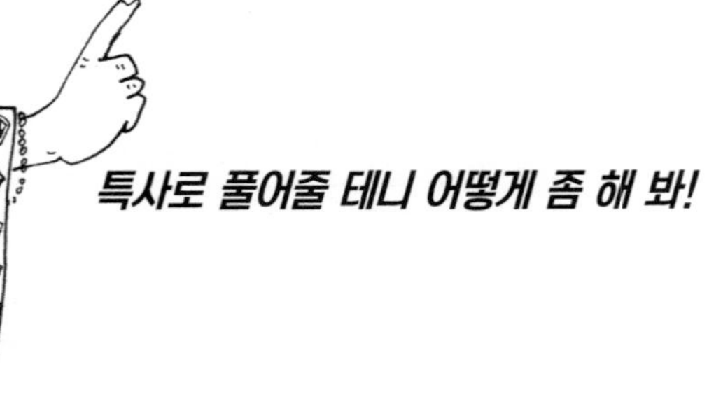

고도 제압한 전력이 있으니까 믿을 만한 신하는 양소유뿐이었지.

마침내 황제는 양소유에게 대장군이라는 벼슬을 내려서 군대 3만 명으로 적을 물리치도록 했어. 문신인 양소유가 갑자기 무신이 되는 게 의아하지만, 양소유는 진작에 검술을 익힌 데다가 남전산 도사에게 받은 방서가 있어서 몸을 잘 지켜 낼 수 있는 비법까지 알고 있었으니 겁날 게 없었지.

성공 뒤의 그늘

황제의 명을 받은 양소유는 군대를 거느리고 적을 치러 나섰어. 그야말로 '파죽지세(破竹之勢)'였지. 대나무를 위에서 쪼개면 그대로 맨 밑까지 한 번에 갈라지듯 적들을 쉽게 깨부수었어. 3만이나 되는 적들을 베어 죽이고, 말을 천 필이나 가지고 왔어. 황제는 큰상을 내리려 했으나 양소유는 받지 않았어. 십만 병사가 쳐들어왔는데 이제 겨우 3분의 1 가량을 없앴으니 아직 때가 아니라는 거지.

황제는 더욱 기뻐하며 양소유에게 어사대부 겸 병부상서의 벼슬을 내리고 서부 지역 정벌대의 대원수로 삼았어. 게다가 황제가 쓰는 보검과 붉은 활 및 화살, 무소뿔 허리띠, 황금으로 꾸민 도끼 등

을 내려 주었지. 양소유는 그 기세를 모아 십만 대군을 꾸려 길을 떠나 순식간에 빼앗긴 오십여 성을 탈환해 버려.

홍아, 만약 우리의 삶이 이런 식으로 풀린다면 어떻겠니? 양소유는 과거에서 연거푸 장원 급제를 하는데 어디에서고 열심히 공부를 했다는 말은 없어. 어디서 글을 열심히 배웠다는 대목도 없는데 글을 잘 짓고, 글씨를 쓰면 명필이 되고, 가만있다가도 칼을 쓰면 적병들이 낙엽처럼 떨어져 나가지. 또 가는 곳마다 여자들이 따르고, 심지어는 공주까지 그와 결혼하지 못해서 안달이 날 정도야.

이만하면 아주 만족스럽겠지? 웬만한 사람이면 상상도 못할 일이야. 있을 법하지 않은 판타지로 현실에서 어떻게 이런 일이 있겠느냔 말이지. 맞아, 양소유가 이룬 일들은 모두 성진이 해 보고 싶어 했으나 하지 못해 아쉬워하던 것을 한풀이하듯이 해내는 것일 뿐 사실로 볼 수는 없을 거야.

내가 여기서 홍이와 함께 더 생각해 보고 싶은 것은 과연 성진이 이룬 일이 '성공'일까 하는 거야. 물론 자신이 원한 일을 이루었으니 성공이라고 할 수 있겠지만 곰곰 따져보면 문제가 한둘이 아니야.

양소유는 과거를 보러 가던 길에 진채봉을 만나 장래를 약속해. 진채봉이 나중에 궁녀가 되어서까지 그 일을 소중히 생각하는 것을 보면 분명 그냥 지나가는 약속이 아니었지. 그런데 그의 약속은 아랑곳 없이 얼마 후 계섬월과도 인연을 맺는단 말이야. 진채봉이 종적을 감추기는 했지만 좀 더 적극적으로 찾아나설 생각은 하지 않고, 지난 약속은 까맣게 잊었다는 듯이 두 번째 여자를 만나고 있어.

다음 번 과거 보러 가는 길에는 일부러 낙양 땅을 들러서 가. 좋은 곳에서 한바탕 놀아 보자는 거지. 젊은 기운에 그럴 수도 있겠지만, 여장을 하면서까지 상대를 속이며 정경패를 만나는 일 또한 보기 좋은 일은 아니야. 더욱이 과거가 며칠 남지 않은 상황에서 아무리 실력이 출중하다 하더라도 겸손한 사람이 할 짓은 못 돼. 정경패와 결연을 맺은 다음에도, 비록 속임수가 있긴 했지만 가춘운과도 만나게 되는데 역시 믿음을 저버린 짓이야. 이렇게 따져 가다 보니 양소유가 좇아가는 성공의 길 뒷면에 어두운 대목들이 적지 않구나.

이 점은 성진의 삶과 비교해 보면 더 분명해져. 성진이 술을 몇 잔 마시고, 팔선녀와 길을 비키는 문제로 몇 마디 주고받으며 장난을 친 것을 죄로 여기고 괴로워했잖아? 그런데 양소유는 아주 대놓고 놀고 있어. 황제 앞에서도 술에 크게 취하고, 만나는 여자마다 쉽게 평생을 약속하곤 하지. 또, 불교 공부에 매진하며 살생을 금하는 계율을 지키는 성진에 비했을 때, 비록 외적이라고는 해도 3만을 베면서도 아직 3

김만중 님 외 5명이 좋아합니다.

채봉 결국 뜻을 이루셨군요.

섬월 출세의 길에 올랐어요.

경패 축하드립니다.

분의 1밖에 처단하지 못했다며 살기를 띠는 것은 지나친 명예욕이나 증오심으로밖에 보이지 않구나.

그러나 승승장구 성공 가도를 달리고 있을 때는 그런 것들이 눈에 들어오지 않는단다. 오히려 여전히 부족한 것 같은 느낌이 들지. 왜냐하면 더 큰 성공을 해야 하니까. 더 큰 성공을 하고 나면 만족할까? 그렇지 않지. 왜냐하면 그보다 더 큰 성공을 해야 하니까.

양소유는 계속 앞으로 나아가고, 끝없이 위로 올라가. 자꾸 나가고 자꾸 올라가면서 힘을 발휘하고, 자신이 세계 최고의 영웅임을 과시하는 거지. 이런 영웅은 아주 소년적인 영웅이야. 그렇지만 그런 영웅적인 과시 없이 다음 레벨의 깨침을 얻을 수는 없으므로, 누구든 자기 세계에서 최정상에 서 있음을 확인해야만 해.

양소유는 이제 정상이 눈앞에 보이는 경지에 와 있구나. 홍이로 치자면, 힘든 사관 학교생활을 마치고 장교로 임관해서 멋진 전투기에 몸을 싣고 막 이륙하는 순간이랄까? 하긴 진짜 재미는 이륙하여 창공에 떠 있을 때이지. 양소유에게도 그런 삶이 펼쳐지는지 볼까?

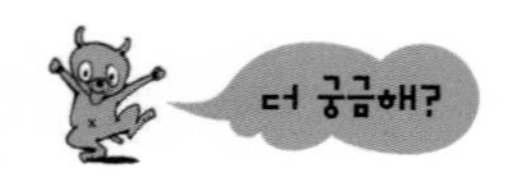

영웅의 여러 얼굴들

영웅은 대체로 세상을 구원하는 인물로 태어납니다. 대개 고귀한 혈통이 강조됩니다. 그러나 고귀하기만 해서는 안 되고, 자신이 고귀한 자질을 지닌 것을 몰라야 합니다. 그래서 아주 미천한 데서 어렵게 자란다든지, 별 어려움 없이 자라더라도 자기의 진짜 정체는 모르는 채 자라나곤 합니다. 양소유가 변방에서 아버지 없이 어머니 손에만 자라나는 것이 그렇지요.

그러나 자신이 정말 영웅적인 능력이 있는지 제대로 알려면 시험을 통과할 수밖에 없어요. 시험은 대개 두 차례에 걸쳐 일어납니다. 맨 처음은 어린 시절 위협을 받는 것입니다. 버려진다거나 성장을 방해하는 무리를 만나게 되지요. 이때는 그를 위협에서 구해 주는 존재를 만나 피하게 됩니다. 양소유는 아버지가 떠나 버려 어려움을 겪고, 남전산으로 갔다가 도인을 만나 삶의 방향을 가다듬지요.

하지만 그렇게 위협에서 벗어나는 것만으로 영웅이 되지는 않습니다. 세상에 존재하는 그의 상대들을 물리쳐야만 합니다. 흔히 세상을 지배하는 악의 세력이 그 대상이 되는데, 영웅을 그보다 더 괴롭히는 것은 아마도 유혹일 겁니다. 양소유가 여러 여성들에 빠지고 필요 이상으로 제 힘을 과시하며 돌아다니는 것은 바로 그런 약점을 드러낸 것입니다. 이는 영웅의 치명적인 약점이며, 기실은 모든 인간들이 가지고 있는 이기심의 표현이기도 합니다.

『구운몽』을 조금 더 읽어 보면, 그러한 약점을 딛고 일어서는 과정이 나오게 됩니다. 한편으로는 시련을 견디며 또 한편으로는 유혹에 넘어가 타락하고, 끝내 잠깐의 오판을 반성하고, 제 내면의 영웅성을 한껏 드러내는 과정에서 그렇게 여러 얼굴들이 비치는 겁니다. 그래야 진짜 영웅이라 하겠는데요, 그런 것들을 다 떠나서 너무 한결같으면 재미가 있겠어요? 단 한 번도 흔들리지 않으며 위기에 내몰리지도 않는 주인공이 나오는 영화라면 시간 내서 보겠냐고요?

실제로 어떤 외국 학자가 늘어놓은 영웅의 개념을 보면 숨이 찰 정도로 많은데, 그게 다 영웅의 얼굴들입니다. 순수주의자, 고아, 순교자, 방랑자, 전사, 후원자, 탐색자, 연인, 파괴자, 창조자, 통치자, 마법사, 현자, 얼간이…. (세상에, 얼간이도 영웅의 얼굴이라니! 혹시 양소유에게서도 그런 면모를 발견했나요?)

레벨 6. 내 앞에 적은 없다

미녀 자객 심요연

양소유는 이제 거칠 것 없이 내달리게 돼. 오십여 고을을 되찾고 대군을 몰아 진군을 하니 무엇이 두렵겠어? 그렇지만, 홍아, 인간의 일이라는 것은 언제나 가장 잘 나갈 때 걸림돌이 나오는 법이란다. 전쟁 이야기이든 사랑 이야기이든, 모든 전투에서 이기기만 했다거나 서로 사랑하는 데 아무런 장애가 없었다는 식으로 전개되진 않지. 그런 이야기는 아무 재미도 교훈도 감동도 주지 못하니까. 우리의 양소유 역시 이제 고난의 순간을 만나게 되지.

양소유는 큰 군대를 몰아 적석산 아래에 이르렀다. 그러자 갑자기 회오리바람이 말 앞에 일고 까마귀가 울며 진영을 뚫고 지나가서 불길한 마음에 점을 쳐 보았다. 반드시 적병이 우리 진영을 엄습하겠으나 나중에 좋은 일이 있을 징조였다. 그래서 산 밑에 진을 쳐 머무르게 하고 뾰족뾰족한 쇠꼬챙이 등을 사방에 깔아 적이 침입하지 못하게 하며 기다렸다.

그날 밤, 양소유는 장막 가운데 앉아 촛불을 켜고 병법 서적을 보고 있었다. 마침 순라군이 삼경(三更: 밤 11시~새벽 1시)을 알릴 때, 갑자기 음산한 바람이 일어나 촛불이 꺼졌다. 그러더니 어떤 여자가 공중에서부터 내려와 장막 가운데 살짝 섰는데 손에는 날카로운 비수를 들고 있었다.

분위기가 어째 으스스하지. 전쟁터라는 게 본래 그렇기도 하지만, 이렇게 전투가 잠시 멈추고 있는 동안 그 긴장감이 훨씬 더 크거든. 그러나 양소유는 신비한 병법을 이미 익혔고, 미래의 일까지 예측하는 능력이 있으니 겁이 날 게 없겠지. 적이 언제 쳐들어올지만 안다면 그 싸움은 거의 이긴 것이라고 봐도 돼. 또 점을 쳐 보니 누군가 자신을 해치러 오는데, 결국 그 사람이 자기를 도와준다는 점괘가 나왔

으니 말 다했지. 아니나 다를까 자객이 들이닥쳤어. 자객은 요즘 쓰는 말로는 킬러야. 그런데 이상한 점은 좀처럼 보기 힘든 여자 자객이라는 점이야.

양소유는 조금도 동요하지 않고 무슨 이유로 자신을 죽이러 왔는지 물었어. 그랬더니 이 여자는 순순히 털어놓는 거야. 자신은 토번국의 우두머리인 찬보의 명을 받아 양소유의 머리를 가지러 왔다고 말이지. 그러자 양소유는 도리어 "대장부가 어찌 죽기를 두려워하리오? 어서 죽여라."고 재촉했어. 이미 그 자객이 자기를 죽이지 않을 것을 알았기 때문이겠지. 죽이기는커녕 도리어 자기편이 될 거라고 내다본 거야. 자객은 그제야 비수를 던지고 머리를 조아리며 마음을 놓으라고 했어.

그 여자는 대단한 미인이었어. 곱다란 머릿결을 높게 올려 묶어 금비녀를 꽂았으며, 소매가 좁은 전투복에는 패랭이꽃을 수놓았고, 봉황새 꼬리 모양의 나막신을 신었고, 허리에는 보검을 차고 있었어. 자객답게 천하제일의 보검을 차고 있는 것이 여느 미인과 다를 뿐이었어. 그녀가 들려주는 사정은 이랬지.

"저는 본래 양주 고을의 사람입니다. 조상 대대로 당나라 백성

검술은 나 심요연을
따를 자가 없다. 어서
내 칼을 받아라!

이었는데 어려서 부모님을 여의고 여자 스승을 좇아 제자가 되었습니다. 그 스승의 검술이 신통하고 절묘해서 제자 셋을 가르쳤는데 셋의 이름은, 진해월·금채홍·심요연인데 제가 바로 심요연입니다. 검술을 배운 지 3년 만에 자유롭게 변신하는 법을 깨쳐 바람을 타고 번개를 좇아 순식간에 천여 리를 다니며 셋의 검술이 우열이 없었으나, 스승이 원수를 갚으려 하거나 악한 사람을 없애려 하면 반드시 채홍과 해월 두 제자만 보내며 저는 한 번도 시키지 않았습니다. 제가 분함을 이기지 못하여 스승께 이렇게 물었습니다. '우리 세 사람이 함께 스승의 가르침을 받았는데 저만 홀로 스승의 은혜를 갚지 못하였사오니 그 이유를 알지 못하겠습니다. 혹시 저의 재주가 보잘것없어서 한 번도 부리지 않으시는 겁니까?' 그러자 스승께서 말씀하시기를 '너는 우리와 같은 부류가 아니다. 훗날 마땅히 바른 도를 얻어 마침내 성취하는 것이 있을 것이니 너도 저 두 사람과 같이 인명을 살해하면 해로울 것이어서 너를 부리지 아니한 것이다.' 하였습니다."

결국, 더 큰일에 쓰이기 위해 자신을 드러내지 않았던 것인데, 그건 바로 양소유를 돕는 거였어. 그래서 찬보가 자객을 선발하는 시험

대장부가 어찌 죽기를 두려워하리오? 어서 죽여라.
근데 정을 믿어도 될까…?

에 나가서 당당히 선발되었고, 마침내 양소유를 죽이라는 지령을 받고 그리로 온 거였어. 그러니까 심요연은 다른 사람이 선발되어 양소유를 죽이는 상황을 막고, 또한 본인이 알고 있는 특별한 비법을 전해주려 했던 거야. 찬보는 양소유의 머리를 베어 오면 자기 부인으로 삼겠다는 제안을 했으나, 심요연은 거꾸로 양소유를 모시고 싶어 했지. 양소유는 즉시 신방을 차려서 사흘 동안을 밖으로 나오질 않았어. 심요연이 양소유 앞에 등장한 일곱 번째 여자가 되는 사연이야.

남의 힘을 내 힘으로 만들다

그런데 양소유가 심요연을 만나는 대목에 좀 의아한 구석이 있지 않니? 한창 전쟁 중인데 장수가 여자에 빠져 있어서야 되겠느냐는 말이지. 심요연은 그래서는 안 된다며 양소유를 말리기도 했지. 그러나 양소유는 듣지 않았어. 저 나름의 생각이 있었던 거야. 심요연이야말로 토번국의 사정을 가장 잘 알 뿐만 아니라, 남성들의 전유물인 무예를 연마한 사람이니만큼 그녀에게서 무언가를 얻을 게 있다고 생각했던 거지. 그도 그럴 것이 심요연은 변방에서 태어난 데다 특별한 스승 밑에서 특별한 훈련을 받았으니까 말이야.

내 장군을 도와 전투에서
승리할 수 있도록 돕겠습니다.

심요연은 일단 양소유를 안심시켰어. 자신이 토번국에서 제일 뛰어난 자객인데 자신이 당나라 군대에 가서 귀순한 것을 알면 다른 자객들이 감히 엄두를 못 낼 거라는 거야. 또한, 허리춤에서 구슬을 한 개 내어 주면서 이렇게 말했어.

"이 구슬의 이름은 묘아완입니다. 찬보의 머리에 꽂혀 있던 것입니다. 장군께서는 사람을 보내 이것을 토번국에 전하여 제가 그리로 다시 돌아갈 생각이 없는 것을 알도록 해 주십시오. 또 이 앞으로 가면 반사곡이라는 계곡이 있는데 장군께서 반드시 그곳으로 지날 것입니다. 거기에는 먹을 물이 없습니다. 그러니 장군께서는 신중하게 살피시고 우물을 파서 먹이시는 것이 좋을까 합니다."

이렇게 말하고 심요연은 공중으로 뛰어오르더니 이내 사라졌어. 정말 순식간의 일이었지. 자, 이런 일을 어떻게 이해해야 할까? 나를 죽이기 위해 누군가가 왔어. 그런데 나를 죽이기는커녕 도리어 나를 돕고, 앞일이 어떻게 될 것인지까지 일러 주는 거야. 영웅 이야기의 특징이기도 한데 한번 살펴볼까?

먼저, 주인공인 영웅은 자신의 운명에 대해 강한 믿음을 지니고 있어. 어떤 어려움이 있어도 결국 세상은 자기편이라는 걸 아는 거야. 『구운몽』에서는 양소유가 점을 쳐서 누군가가 자신을 해치러 올 것을 알았고, 또 그 일이 결국은 자신에게 좋은 일이 될 것이라는 점까지 알았잖아. 그래서 자신 있게 "대장부가 어찌 죽기를 두려워하리오?"라고 말하는 거야.

그런데 만일 이 대목에서 양소유가 정반대로 했다고 생각해 봐. 점을 쳤는데 죽을 점괘가 나왔거나, 잘될 거라는 점괘가 나왔는데도 그것을 믿지 못했다면 어떻게 되었을까? 분명 두려움에 떨었겠지. 그러면 "살려 주세요?"라며 빌거나, 바깥에 있는 부하들을 소리쳐 불렀겠지. 만일 그랬다면, 심요연은 양소유가 자신이 생각했던 영웅이 아닌 것을 알고 실망했을 거야. 그런 사람을 위해서 힘든 일을 애써서 할 필요가 없다고 생각했겠고, 양소유의 목은 단번에 날아가고 말았겠지.

이런 이야기를 읽다 보면 현실에서도 그런 일이 있을까 궁금해져. 물론, 흔하진 않지만 진정으로 영웅적인 힘을 발휘하는 사람들에게는 그런 일이 일어나는 것 같아. 죽더라도 내 몫을 다하겠다고 덤벼들면 그런 용기 덕분에 없던 힘도 생겨나고, 그 힘을 이리저리 쓰다 보

면 강해 보이던 적들도 틈이 생기게 되거든. 양소유가 심요연을 만났을 때 얼굴빛 하나 흩뜨리지 않고 또박또박 말했을 때, 싸움의 승부는 이미 결정된 것이나 다름없었지.

행운은 거기에서 그치지 않아. 적들을 물리치는 데 그치지 않고 적의 힘까지 내 힘으로 만들어서 훨씬 더 힘이 세지는 행운을 얻게 되지. 옛날이야기에 보면 이런 내용이 아주 많아. 적을 소탕하기 위해 적의 소굴로 들어갔는데 거기 있던 사람들이 도리어 주인공을 도와주는 일 같은 거 말이야. 꼭 옛날이야기가 아니더라도 요즈음 영화들에도 그런 게 많아. 어떤 잘생긴 남자 주인공이 범죄 집단의 본거지로 숨어들었는데, 거기 있던 미인이 도리어 그 주인공 편이 되어서 도와주는 일 말이야. 그렇게 되면 이쪽 편 힘은 두 배가 아니라 네 배가 되는 거야. 상대편 힘이 줄어서 내 힘이 되니까, 그쪽은 반으로 줄고 이쪽은 두 배로 느는 거지.

그렇게 상대를 제압하고 제힘을 키워 놓게 되면, 이제는 적들이 스스로 무릎을 꿇는 일이 생겨. 양소유는 일단 찬보가 놀라서 주춤하게 만들었지. 최고의 자객을 뽑아서 보냈는데 허망하게 항복을 하고 말았다면 찬보로서도 어쩔 수 없었겠지. 게다가, 대단한 자객이 왔는데 큰 소리 한 번 내지 않고 제압을 했다면, 부하들도 양소유에게 감탄을 하게 되겠지. 당연히 더 잘 따르고 명령에 복종할 수밖에.

그러니까 내 힘으로 쉽게 제압할 수 없는 적, 죽이기 아까운 적, 내 편에 서게 할 수 있는 적들은 가능한 한 많이 내 편으로 만들어 두는 것이 장래를 위해 좋은 거야. 양소유는 이제 처음으로 그 일을 했고.

물속에서 나온 미녀, 백능파

근데 좀 허망하지 않아? 세상에, 황제를 농락할 정도의 위력을 지닌 적이라면 그렇게 쉽게 무너지기도 어렵겠지만, 중국은 거의 아시아 대륙 하나를 차지할 만큼 넓은 나라이잖아? 옛날에 큰 군대를 이끌고 변방으로 간다는 것은, 적의 공격이 아니더라도 목숨을 잃을 수 있는 위험한 일이었어. "친구 따라 강남 간다."는 말이 있지? 여기서 강남은 중국의 양자강 남쪽을 뜻해. "강남 갔던 제비가 돌아온다."고 할 때의 그 강남! 멀리는 태국까지 이어지니까, 강을 하나 건너는 정도가 아니라 아예 기후가 다른 지역을 뜻해. 풍토병에, 음식도 다르고, 언어도 다르니 과학이 발달하지 않았던 시대에 그 멀리까지 친구와 목숨을 걸고 함께한다는 뜻이 될 거야.

양소유가 군대를 이끌고 가는 곳도 예외는 아니었어. 실제 역사에서도, 중국 변방의 오랑캐들을 중국이 끝내 다 굴복시키지 못한 이유 또한 그런 지리적인 환경 탓도 크지. 양소유의 군대도 험한 지역을 행군하느라 지쳐가기 시작했어. 어느 산 아래 이르자 길이 심하게 좁아서 말 한 필이 겨우 다닐까 말까 한 정도였어. 겨우 수백 리를 지나 넓은 들판을 만나 군사를 쉬게 했는데 문제는 물이었어. 아무리 찾아도 물이 없어서 고생을 하다가, 산 아래 큰 연못이 있는 것을 발견하고 다투어 거기로 달려들어 물을 마셨는데 그 물을 마시고는 온몸이 푸른빛을 띠고 벙어리가 되며 숨이 가빠져서는 이내 죽어가는 거야.

양소유는 거기가 바로 심요연이 말한 반사곡인 것을 알아차렸어. 그는 아직 연못의 물을 먹지 않은 병사들을 독려해서 우물을 파게 했어. 그러나 십여 길이나 땅을 파헤쳐도 물이 전혀 나오지 않는 거야. 양소유가 군대를 이동시키려 할 즈음, 엎친 데 덮친 격으로 적군이 몰려들었어. 그야말로 독 안에 든 쥐 신세였겠지. 산으로 에워싸인 벌판인 데다가 병사들은 전투력마저 잃었고, 그나마 성한 병사들조차도 물 한 모금 못 마시고 있었으니까.

양소유는 막사 안에 들어가 빠져나갈 계책을 생각했어. 그러다가

몸이 너무 피곤하여 잠깐 졸았는데 갑자기 기이한 향내가 나더니 여자아이 둘이 들어서는 거야. 신선 같기도 하고 귀신 같기도 한 신비한 모습이었지. 그 아이들은 다짜고짜 자기가 모시는 낭자가 계신 곳으로 가자는 거야. 대체 낭자가 누구냐고 물었더니 글쎄 동정호 용왕의 막내딸인데 잠깐 이곳에 와 있다고 했어. 기억나지? 성진이 육관 대사의 심부름으로 갔던 바로 그 동정호 용왕! 양소유는 밖에 대기하고 있던 말에 올라 막내딸을 만나러 갔어. 이 여자가 여덟 번째 등장하는 여자로 이름이 백능파야. 당연히 팔선녀 중의 한 명으로 용왕의 딸로 태어난 거지. 그녀는 양소유를 맞아 네 번 절을 하며 극진히 공경했어. 백능파가 전해 준 사연은 매우 절절했어.

백능파는 동정호에 있는 용왕의 막내딸이었다. 아버지가 하늘나라로 조회를 갔다가 그곳 신선에게 사주를 물었는데 이렇게 나왔다. '이 낭자의 전생은 선녀인데 죄를 짓고 지금은 왕의 딸이 되었으나 다시 사람의 몸을 얻어 귀한 사람의 첩이 되어 부귀영화를 누리고 마침내 부처님께 가서 큰 스님이 될 것이다.'

용들은 물에서는 최고지만 사람의 몸이 되는 것을 큰 영광으로 여겼다. 그런데 남해 용왕의 태자 오현이 백능파가 아름답다

는 말을 듣고 혼인을 청해 왔다. 동정호가 남해의 관할이어서 그 말을 듣지 않을 수 없었다. 그래서 어쩔 수 없이 백능파는 동정호를 떠나 백룡담으로 와서 머문 것이었고, 오현이 군대를 이끌고 여러 차례 쳐들어왔다. 이 때문에 백능파의 원통함과 절개가 하늘을 감동시켜 호숫물이 먹을 수 없게 변하여 외부의 침입이 불가능해진 것이었다. 그러나 이제 백능파가 원하던 사람을 만났으니 그런 변고는 일어나지 않을 것이다.

양소유는 그 말을 듣고 즉시 부부의 인연을 맺고 싶어 했지만 백능파는 그럴 수 없다고 했어. 부모의 허락도 받아야 하고, 몸에 비늘과 지느러미가 덮여 있으며, 오현이 알면 소란을 피울 것이기 때문이었지. 나중에 양소유가 큰 공을 세우고 돌아가면 그때 찾아가겠다는 거야. 양소유는 그 말을 듣고 백능파를 돌려보냈는데, 다음 날 날이 채 밝기도 전에 오현이 군사를 몰고 쳐들어왔어. 그러나 오현은 양소유의 적수가 못 됐어. 양소유는 순식간에 오현의 군대를 물리치고 그를 포로로 잡았어. 백능파는 쌀 천 가마로 술을 빚고 소 만 마리를 잡아 보내어 양소유의 공을 축하했지. 또한 동정호의 용왕은 승리의 소식을 듣고 양소유를 데리러 사람을 보내왔어. 양소유는 백

내가 바로 백능파!
이렇게 예쁜 물고기 봤니?

능파와 함께 용 여덟 마리가 끄는 수레에 올라 용궁으로 향했지.

양소유의 영웅성을 증명하기 위해 이제 인간이 아닌 용을 상대한 거야. 신화에서는 인간이 아닌 특별한 동물이나 괴물 등과 싸우는 내용이 많아. 중국의 예(羿)라는 신이 그런 경우지. 예는 활을 잘 쏘는 걸로 유명한 신이야. 옛날 요 임금 시절에 해가 열 개나 떠올라서 사람들이 너무도 뜨거워 고통을 받았는데, 그 문제를 해결하기 위해 천제가 예를 내려보냈던 거야. 그는 아홉 개의 태양을 활로 쏘아 떨어뜨렸고, 세상을 나돌아 다니면서 행패를 부리던 괴물들을 차례차례 물리쳤어. 그리하여 인간 세상에 평화를 가져왔지.

양소유 역시 오현을 제압함으로써 제 영웅성을 마음껏 뽐내고, 물을 마실 수 없던 사람들의 고통을 덜어 주었지.

꿈속의 꿈

용궁에서 양소유는 극진한 대접을 받았어. 그것은 성진이 동정호에서 받았던 대접을 다시 한 번 반복해 주는 셈이지. 그런데 용왕의 배웅을 받으며 용궁을 나서는데 산 하나가 눈에 띄는 거야. 다섯 봉우리가 근사한 산이었어. 너는 눈치가 빠르니까 알아차렸겠지만, 바로 형산이었어. 양소유는 왠지 그 산에 끌렸고, 용왕에게 부탁하여 거기 데려다 달라고 했어. 신기한 수레를 타고 금세 올라가 보니, 산이 그렇게 좋을 수가 없었어. 양소유는 속으로 이렇게 생각했어.

> '군대를 이끌고 싸움터에 오래 있으면서 마음이 시달리고 정신이 고되니 세속의 인연이 왜 그렇게 무거운가? 공을 이룬 후에는 이런 일에서 물러나 초연하게 만물 밖의 사람이 되리라.'

참 신기하지? 거칠 것 없이 내달리며 출세에 출세를 더하고, 승리에 승리를 더하면서 생각해 보니까 그 삶이 또 허망해 보이는 거야. 공연히 바쁘기만 하지, 대체 이렇게 살아서 무엇하나 싶은 거지. 그래서 어서 빨리 공을 이루고 이런 조용한 산속에서 살고 싶다는 생각이 양소유의 머릿속에 생겨난 거야. 산속에는 절이 하나 있었는데 어떤 스님이 설법을 하고 있었어. 그 스님은 양소유를 몰라봬서 죄송하다고 하면서도 아직은 여기 올 때가 아니니까 불당에 올라가 부처님께 절이나 올리고 가라고 권했지. 이 스님은 아마도 육관 대사일 거야. 사제 간에 다른 세상에서 다시 한 번 만난 거지.

양소유가 부처님 앞에 나아가 합장하고 향을 태우는데 갑자기 발

아직 우리는 마주칠 때가 아니오.
스님! 오.. 오랜만...!!!

을 헛디뎠나 싶더니 잠에서 깨었어. 아까 병사들이 물 한 모금 마시지도 못하고 전투력마저 잃은 상태에서 계책을 세우러 막사에 들어갔다가 잠깐 졸았던 대목부터가 모두 꿈이었던 거야. 더 놀라운 것은 부하들에게 물어보니 모두 똑같은 꿈을 꾸었다고 했어. 모두 똑같은 꿈을 꾸는 일은 흔하지 않아서 그런 일이 있으면 아주 중요한 공통의 관심사라는 뜻이야. 만약 너희 집 식구들이 아침에 일어나서 지난밤 꿈 이야기를 했더니 모두들 네가 좋은 대학에 합격하는 꿈이었다고 생각해 봐. 그건 바로 온 식구들이 그것을 바랄 만큼 중요한 일이라는 게 아니겠어.

이렇게 꿈에서 깬 양소유가 부하들을 이끌고 백룡담으로 가 보았더니 부스러진 비늘과 깨진 껍질 등이 땅바닥에 그득했고 피가 냇물이 되어 흘렀어. 양소유가 먼저 표주박에 물을 떠서 맛보고 곧이어 병든 병사들을 먹여 병이 점차 낫게 되었지. 적들은 그 소식을 듣고 놀란 나머지 모두 항복하고 말았어. 싸우지도 않고 적을 물리친 셈이야.

심요연과 백능파의 도움으로 적을 물리친 양소유는 개선장군이 되어 돌아올 수 있었어. 황제는 양소유를 기쁘게 맞이하였고, 그에게 승상 벼슬을 내렸어. 승상은 요즘으로 치면 국무총리 정도로 최고 벼슬

이지. 그러니 성진이 꿈꾸었던 출세를 모두 이룬 셈이야. 공자와 맹자를 공부해서 과거에 급제했고, 장군이 되어 난리를 평정했고, 마침내 보통 인간이 오를 수 있는 최고의 벼슬에 이르렀잖아.

이제 이 레벨의 제목이 왜 〈내 앞에 적은 없다〉인지 알겠지. 양소유 앞에서 적이란 적은 힘 한 번 못 써 보고 저절로 물러나. 그를 해치러 온 사람까지도 도리어 돕는가 하면, 물속에 사는 용왕의 딸까지 나서서 도와주니 왜 안 그렇겠어. 그러나 적을 물리친다고 해서 정말 적이 없어지는 게 아니라는 것을 알아야 해. 적을 물리치며 아주 깊이 들어가다 보면 정말 저게 적인가 싶기도 하고 심지어는 적을 치는 중에 자기 자신을 발견하기도 하지. 『구운몽』이 바로 그런 소설이야. 적인 줄 알았지만 내 편이 되기도 하고, 외부의 적으로 보이던 것들도 두려움 없이 받아들이면 자신의 힘이 될 수 있다는 것을 깨닫게 해 주지.

그런데 기세등등하게 모든 적들을 제압한 양소유가, 깊은 산속에 들어가서는 고요한 삶을 동경하고 있구나. 성진이 산속에서 조용한 삶을 살면서 화려한 세상의 삶을 동경했던 것과 정반대의 모습이지.

성진은 성진대로 수도자로서 최고의 삶을 경험했고, 양소유는 양소유대로 세속에서 최고의 출세를 해 보았잖아. 홍이의 경우에는 신

꿈속의 나와 현실의 나,
어느 게 진짜일까?

부가 되려고 생각하면 파일럿이 멋져 보이고, 파일럿을 꿈꾸다 보면 신부의 삶이 좀 더 나아 보일 수도 있을 거야. 그럴 때, 이리저리 왔다 갔다 하기보다는 어느 한쪽에서 최고를 경험해 보는 게 좋아. 어디에서든 신나게 앞에 놓인 길을 가 본다는 게 중요하다는 걸 알아 둬!

또 하나 놓치지 말아야 할 것은 양소유의 꿈이야. 반사곡에서 곤경에 처한 양소유가 잠깐 졸면서 꿈을 꾸잖아. 그런데 성진의 입장에서 보면 양소유의 삶이 또 한바탕의 꿈이란 말이야. 성진이 현실이라면, 양소유는 꿈이 되는 거야. 책 제목에 '꿈 몽(夢)'이 들어가는 것도 그런 이유이지. 그런데, 그 꿈속의 삶인 양소유가 또 꿈을 꾸는 거야.

홍이는 혹시 꿈속에서 꿈을 꾼 일이 있는지 모르겠다. 꿈을 꾸는데 꿈속에서 잠을 자며 또 꿈을 꾸는 거야. 그래서 그 꿈을 깨어도 여전히 꿈이 되는 꿈속의 꿈 말이야. 이런 장치를 쓰게 되면 꿈과 현실의 관계가 아주 복잡해져. 즉, 꿈을 깨면 현실이고, 현실을 벗어나면 꿈이 되는 단순함을 벗어나는 거지. 이에 대해서는 마지막 장에서 좀 더 깊이 있게 생각해 보기로 하고, 여기서는 일단 양소유가 성진이 꿈꾸었던 삶을 모두 이루어 냈다는 점만 기억해 두자.

이쪽에 살면 저쪽이 그립고,
저쪽에 살면 이쪽이 그립지!

문명이 자연을 만날 때

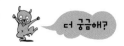

승승장구하던 양소유에게 갑자기 어려운 상황이 닥쳤습니다. 북쪽의 외적을 상대하는 과정에서 뜻밖의 일이 벌어졌기 때문입니다. 역사적으로 중국이 북쪽이나 남쪽의 외적들을 완전히 제압할 수 없었던 데에는 다 이유가 있었습니다. 중국은 병사들도 많고 무기가 좋아 쉽게 외적을 물리칠 수 있을 것 같지만, 적지의 험한 지형이나 기후, 풍토병 등에 적응하기가 쉽지 않았습니다. 즉 문명화된 인간의 힘으로만 굴복시킬 수 없는 또 다른 무언가가 있었다는 뜻입니다.

이번 레벨에 나온 두 미녀는 보통 사람들과는 아주 다른 곳에 사는 존재입니다. 한 사람은 산속에서 나온 심요연이고, 또 한 사람은 물속에서 나온 백능파입니다. 양소유가 과거를 치르고 최고의 벼슬을 하는 문명의 상징이라면, 그들은 자연 속에 묻혀 지내던 인물입니다. 그런데 문명에 익숙한 사람에게 자연은 신비롭지만 두려움의 대상이기도 하지요.

양소유는 자객이 오는 것을 알고 피하지 않고 도리어 담담하게 맞아들였지요. 그랬더니 자객으로 온 줄 알았던 심요연이 도리어 양소유의 편이 되어 주었습니다. 만약 무조건 의심부터 하며 심요연과 싸우려 들었다면 둘 다 큰 상처를 입었을 게 분명합니다. 또, 병사들이 마실 물이 없어 죽게 된 위기는 용왕의 딸인 백능파의 도움으로 해결합니다. 백능파는 오현이라는 용의 농간으로 제 몸 하나 편안하게 못 지키는 연약한 존재처럼 보입니다. 누군가의 도움이 꼭 필요한 인물이지요. 그런데 어땠습니까? 양소유가 의심하지 않고 그녀가 이끄는 대로 갔더니 양소유의 병사들에게 살 길을 열어 주지요. 그로써 양소유의 출정은 완성이 되었습니다. 더 이상 싸울 필요가 없이 적들이 항복하고 말았으니까요.

문명과 자연은 그렇게 서로 힘을 합쳐 도와야 합니다. 어느 한쪽에만 매달리느라 다른 한쪽의 힘을 무시하면 반편이가 되기 쉽습니다. 도시인들은 가끔 교외로 나가 산도 구경하고 바람도 쐬어야 하며, 교외 사람들도 가끔 도시에 나와 영화도 보고 쇼핑도 해야 하는 것과 같습니다.

혹시 영웅이 되기를 꿈꾸고 있다면, 아니 온전한 삶을 살고자 한다면 여러분도 그렇게 두 세계를 잘 아울러 보시기 바랍니다. 그러려면 어디선가 도움의 손길이 뻗어올 때 의심부터 해서는 안 되겠지요.

레벨 7. 천하를 노닐며 사랑을 이루다

천하의 영웅과 천하의 두 여인

홍아, 혹시 '천하의~'라는 말을 들어 본 적 있니? 이 말을 붙인다는 것은 어느 한 지역을 대표하는 정도가 아니라 말 그대로 하늘 아래에서 자신이 최고라는 뜻이야. 그렇다면 양소유야말로 "천하의 양소유"라고 큰소리칠 만하지. 글이면 글, 칼이면 칼을 다 잘하고, 온갖 미인들과 인연을 맺었으며, 최고의 벼슬까지 했으니 말이야.

그런데 그 정도만으로 '천하의~'를 붙이는 것이라면 양소유가 듣기엔 시시했을 거야. 양소유는 실제로 '천하'를 밟고 지나다녔으니까. 여기저기를 두루두루 돌아다니는 것을 좀 어려운 말로 '주유(周

遊)'라고 하고 온 천하를 돌아다니는 것을 '천하 주유'라고 하는데, 양소유가 그 일을 실제로 한 거야.

우선, 과거를 치러 나왔다가 장원 급제하여 벼슬하고, 난리를 평정하러 다니는 과정이 당시의 천하를 돌아다니는 일이었지. 또, 양소유가 만난 미인들은 동서남북 여러 지역에 있는 사람들이야. 결혼을 한다는 것은 배우자의 세상까지도 함께하는 것이어서, 여덟 미인이 어느 지역 출신이고 또 어떤 특징이 있는지 살펴본다면 양소유가 경험한 천하를 좀 더 잘 알게 되겠지.

먼저 양소유가 혼인하게 되는 과정을 살펴보도록 하자.

양소유는 백룡담에서 승리하고 의기양양하게 돌아왔고, 황제는 그를 반갑게 맞았지. 그러나 황제로서는 고민이 있었어. 양소유가 큰 공을 세웠으니 당연히 승상 벼슬을 주어야 할 텐데, 여전히 공주와 결혼하기를 거부하는 거야. 황제의 명령을 듣지 않는 사람에게 높은 벼슬을 주는 게 말이 안 되거든. 공주의 어머니인 황태후는 더더욱 화가 났어.

태후가 말했다.

"정 사도의 딸이 몹시 아름다운 데다 양소유와 이미 혼인을 약

'천하의 양소유'라고?
칫, 내가 보기엔 여자들만
만나고 다니던데.

속했다고 하는데, 양소유가 서로를 버릴 까닭이 있겠소? 양소유가 밖으로 나가 있는 틈을 타서 조서를 내려 정 사도의 딸을 다른 사람과 정혼하게 하면 양소유가 그 애와 혼인한다는 희망이 끊어질 것이오. 그렇게 되면 어찌 황제의 명을 따르지 않겠소?"

황제는 한참 동안 대답하지 않고는 조용히 나갔다. 이때 난양 공주가 태후 곁에 있다가 태후에게 말씀을 올렸다.

"어마마마께서 일러 주신 것은 도리에 크게 어긋납니다. 정 사도의 딸이 혼인하는 일은 곧 그 집안일인데 어찌 조정에서 지휘할 일이겠습니까?"

태후도 답답하니까 해 본 이야기이긴 하겠지만, 옛날의 법도를 생각해 보면 전혀 안 될 일이 아니었어. 황제의 명령을 거역할 수는 없는 일이니까, 도리어 이런 사정을 알면 정 사도가 스스로 알아서 그만두는 편이 더 현실적일 거야. 그러나 난양 공주는 생각을 달리했어. 그렇게 억지로 해서는 안 된다는 거였지. 이런저런 궁리 끝에 공주를 본부인으로 삼고 정경패를 첩으로 삼게 하는 게 어떻겠냐는 의견도 나왔으나 이 또한 공주가 거절했어. 양소유가 부인으로 맞겠다고 처음 약속한 사람을 자기 때문에 첩으로 만들 수는 없다는 거

여자만 만나고 다닌 건 아니거든!
열심히 공부해서 벼슬도 얻고,
목숨 바쳐 나라를 구하기도 했지.

였지.

홍아, 어떠니? 집안이면 집안, 식견이면 식견, 어느 것 하나 빠질 것 없는 대단한 두 여자가 양소유가 아니면 혼인을 못하겠다고 하니 양소유는 참 좋았겠지? 그러나 그런 생각은 네가 남자이기 때문에 드는 생각일지도 몰라. 만약 여자 입장이라면 이런 황당한 경우가 있나 하고 생각할 거야. 그러나 분명한 사실은 난양 공주와 정경패가 바로 '천하 제일의 여인'이라는 점이야. 한 사람은 궁궐 안에 사는 지위가 가장 높은 여인이고, 또 한 사람은 궁궐 밖 일반인 가운데 최고의 신붓감이었으니까. 천하의 양소유가 천하의 여인 둘과 공식적인 혼례로 맺어지는 이야기가 이제 막 시작되는 거지.

난양 공주가 해법을 찾다

참 어려운 일이야. 난양 공주로서는 어떻게 해서든 양소유와 결혼을 해야겠는데 이미 정경패가 앞에 있고, 그렇다고 황실의 뜻대로 그 자리를 빼앗을 수도 없었으니까. 그야말로 진퇴양난이었지. 그래서 공주는 어머니인 황태후에게 자신의 뜻을 밝혔어.

"제가 평생 질투심이 무엇인 줄 알지 못하고 지내 왔으니 정 사도의 딸을 못 받아들이겠습니까? 다만 양 상서가 처음에 정 사도 댁에 폐백을 보내 혼인하기로 했는데 나중에 첩으로 삼는 것은 예법에 맞지 않습니다. 정 사도로 말할 것 같으면 대대로 재상을 지낸 명문 가문인데 그 집 딸로 첩을 삼게 한다면 원한을 사지 않겠습니까? 이 또한 옳지 않습니다."

태후가 말하였다.

"그러면 네 생각에는 어떻게 조처하길 바라느냐?"

공주가 대답했다.

"나랏법에 제후는 부인이 셋입니다. 양 상서가 돌아오면 크게는 왕이 될 것이고, 적어도 공후가 될 것이니 두 부인을 두는 것이 분에 넘치는 일이 아닙니다. 그러니 정 사도의 딸을 첩이 아닌 정실부인으로 맞게 하시는 것이 어떻겠습니까?"

잘 이해가 안 되지? 요사이는 일부일처제니까 한 남편에 한 아내가 정상이잖아. 그러나 전에는 그러지 않았어. 황제가 천하를 다스리지만, 그 황제가 정해 준 일정한 영역의 땅을 독자적으로 다스리는 사람이 제후거든. 당시의 법으로는 제후만 되어도 아내가 셋이

흥흥흥
나, 양소유.
천하를 제패한 남자지.

있을 수 있었고, 그 아래 등급인 공후만 되어도 두 아내를 둘 수 있었던 거야. 그런데 양소유가 전공을 세우고 돌아오면 그 공을 인정받아 제후 아니면 공후가 될 텐데 두 아내를 두는 게 아무런 문제가 없을 것이고, 당연히 정경패를 본부인으로 두어도 괜찮다는 논리야. 그러나 그렇게 되면 황제의 여동생인 공주가 일반 가정집의 여자와 어깨를 나란히 하게 되는 셈이니까 황제나 황태후의 입장에서는 기분 좋은 일이 아니었어. 당연히 반대를 했겠지.

그러나 난양 공주가 누구야? 뚝심 하나는 끝내주는 활달한 여성이잖아. 그녀는 우선 자기가 보통 여자인 것처럼 꾸며서 정경패에게 가 보았어. 그래서 속사정을 알아보았더니 아니나 다를까, 정경패는 어차피 양소유가 공주와 혼인하게 되어 있으니, 자기와 가춘운은 평생 결혼하지 않고 그냥 살 작정이라는 거야. 공주는 자기 때문에 두 여자가 신세를 망칠 거라고 생각하니 가슴이 아팠지. 그래서 즉시 기발한 꾀를 냈어. 정경패 집에 사람을 보내어 자기가 수놓은 족자를 하나 팔도록 시킨 거야. 예상대로 정경패는 그 수를 놓은 사람을 찾아보도록 했고, 그런 인연으로 해서 공주와 정경패는 서로 친하게 지내게 되었지. 물론 공주가 자기 신분을 숨긴 채였고, 정경패의 어머니 최씨 부인은 공주를 수양딸로 삼기까지 했어.

자, 여기가 중요해. 난양 공주가 최씨 부인의 수양딸이 되었으니 난양 공주와 정경패는 자매가 된 거잖아. 어떻게 해서든 둘이 어깨를 나란히 하게 된 거고 한 남편을 모시고 살기에 별 무리가 없게 된 거지. 그러나 아직은 불완전해. 최씨 부인의 두 딸이 되었을 뿐 황태후의 두 딸이 된 건 아니니까, 반쪽만 이룬 셈이지.

공주가 공주를 만들고

정경패는 동생이 하나 생겨서 좋기는 했지만 영 이상한 느낌이 들었어. 난양 공주가 도무지 세상 사람 같지가 않았던 거야. 사실 귀한 사람은 어디가 달라도 다른 법이지. 몸가짐 하나 음성 하나가 다 다르니까. 게다가 이렇게 예쁜 여자는 본 적이 없으니까 혹시 이 여자가 소문으로만 듣던 난양 공주가 아닐까 의심이 들었어. 그러나 그런 생각을 깊이 할 틈도 없이, 난양 공주는 정경패를 궁궐로 데리고 들어갈 계획을 꾸몄어. 자신이 돌아가신 아버지를 위해 절에 걸 커다란 관음보살상을 수놓았는데 거기에 적당한 시를 붙였으면 한다는 거야. 그 적임자가 바로 정경패인데 문제는 그것이 너무 커서 가져올 수 없으니 잠깐 거기까지 함께 가 주었으면 한다고 청했지.

정경패 집에서는 선뜻 허락을 했고, 정경패가 가마에 올라타면서 곧바로 궁궐로 가게 되었어. 난양 공주는 그제야 자신이 공주임을 실토했고, 정경패는 꼼짝 없이 궁궐에 가서 황태후를 뵙게 되었지. 황태후는 그 자리에서, 양소유가 돌아오는 대로 공주와 정경패 둘을 부인으로 맞게 하겠다는 계획을 알렸어. 정경패는 그럴 수는 없다며 한사코 사양했어. 당연한 일이지. 자신이 먼저 혼약을 한 것은 사실이지만 공주와 자신은 같은 지위에 있을 수가 없는 거야. 아버지가 황제의 신하인데 그렇게 되면 아버지의 충성에도 문제가 생겨 결국 불효까지 하게 될 테니까 이리 생각하나 저리 생각하나 안 될 일이었거든. 그러나 황태후는 조금도 물러섬이 없었어.

"네가 부모를 위하는 마음과 처신하는 도리는 참으로 지극하다. 그러나 어찌 세상 한 물건인들 제자리를 얻지 못하게 하겠는가. 더구나 너는 백 가지가 다 아름답고 한 가지 흠도 찾기 어려우니 양소유가 너를 기꺼이 버릴 수 있겠느냐. 또 내 딸이 퉁소한 곡조로 양소유와 백 년의 연분을 입증하였으니 하늘이 정한 것을 사람들이 그만둘 수는 없을 것이다. 양소유는 한 시대의 호걸이요, 만고의 뛰어난 인재이니 두 부인에게 장가드는 게 무슨

저한테 왜
이러세여… ㅜ.ㅜ
결혼 안 할래.
으어엉
ㅠㅠ

불가한 일이 있을 것인가. 내게 본래 두 딸이 있었는데 난양 공주의 언니가 열 살에 요절하여 내가 언제나 난양 공주가 외로운 것을 염려하였다. 이제 너를 보니 죽은 내 딸을 본 듯하여, 내가 너를 양녀로 삼고 황제께 말씀을 드려 너의 공주 이름을 정하고자 할 테니, 이것은 첫째는 내 딸을 사랑하는 정을 표하기 위함이고, 둘째는 난양 공주가 너와 친근하다는 뜻을 이루게 하는 것이고, 셋째는 난양 공주와 더불어 함께 양소유에게 돌아가 불편함이 없게 하려는 것이다. 네 뜻이 어떠하냐?"

물론 정경패는 또 사양했지. 그러나 황태후는 그대로 시행했고, 황제 또한 어머니의 뜻에 따랐어. 황제가 내린 공주의 이름은 다름 아닌 '영양 공주'였어. 정경패는 진짜 난양 공주의 언니 영양 공주가 된 거야. 이로써 두 공주가 나란히 양소유의 아내가 될 발판이 마련되었지. 이 모든 일을 시작하여 여기까지 이르게 한 제일 큰 공은 바로 난양 공주였으니까, 공주가 또 다른 공주를 만들어 낸 셈이야. 누구나 느끼듯이 세상을 살다 보면 두 가지를 동시에 할 수 없는 경우가 많이 있잖아. 이걸 하는 순간 저걸 포기해야 하는 일이 한둘이 아니지. 양소유에게 있어서 특히 정경패와 이소화가 그랬어. 정경패는 맨 처음

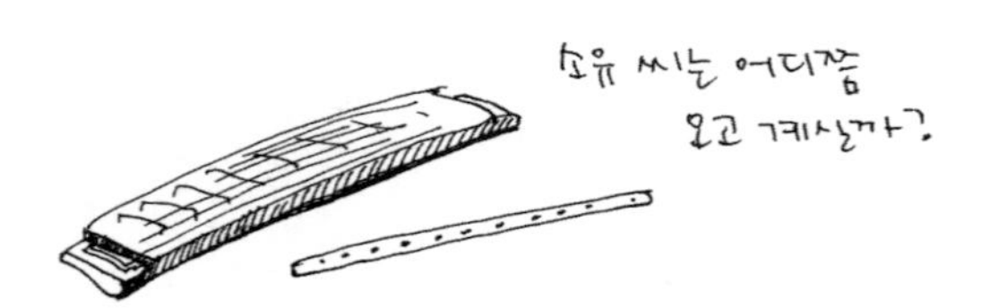

정식으로 혼약을 한 사이니까 버릴 수가 없었고 이소화는 황제 밑에서 벼슬을 하는 양소유로서 또 뿌리칠 수가 없었지. 그런데 이소화의 노력으로 그 둘이 무리 없이 이루어지게 된 거야. 그러고 보면 『구운몽』에는 그런 일들이 참 많아. 글공부를 하면서도 음악에 통달하고, 문장을 잘 지으면서도 군사 전략에 능하고….

천하를 다 돌고난 후

그렇게 궁궐에서 양소유를 남편으로 맞기 위한 일이 벌어지는 동안, 양소유는 승리를 하고 돌아오게 돼. 앞에서 천하 주유라는 말을 했는데, 양소유가 군대를 이끌고 출정한 발자취를 따라가 보면 그야말로 동서남북 온 세상을 다 거치는 거야. 물론, 당시의 중국과 그 주변 전체를 말이지. 양소유가 벼슬길에 올라 변방에서 일어난 난리를 막아 낸 것까지 합해 양소유는 두 차례에 걸쳐 출정을 했어. 한 차례는 전투 없이 굴복시키고 나머지는 전투를 했지. 또, 꿈속에서 동정호로 가서 오현을 물리치기도 하고 말이야. 그런데 이 과정을 가만 보면 한 번은 북쪽, 한 번은 서쪽, 한 번은 남쪽이야.

양소유가 맨 처음 출발한 곳이 중국 동쪽의 수주니까, 이렇게 보면 양소유는 동쪽에서 중앙으로 갔다가, 다시 북쪽으로 출정했다가 중앙으로 와서 서쪽을 거쳐 남쪽으로 가는 식으로 사방을 휘젓고 다닌 거야. 이런 행보는 우연의 일치로 보기는 어려울 것 같아. 마치 잘 짜여진 각본에 따라 움직이듯이 그렇게 사방을 돌고 있으니까. 여기에 또 하나, 양소유가 전공을 올린 후의 발걸음이 덧보태지면 이 천하 주유의 그림이 제대로 완성이 되지.

무슨 말이냐고? 여길 잠깐 보렴.

이때, 양소유는 백룡담의 물로 가서 병사들을 먹였다. 그랬더니 병사들의 기운이 전처럼 돌아와서 모두들 전투를 치르고 싶어 할 정도였다. 양소유가 여러 장수들을 불러서 약속을 정하고 진격을 알리는 북소리를 울려 거듭 쳐 올라갔다. 그러자 오랑캐의 우두머리인 찬보는 크게 놀라 겁을 먹어 항복하는 문제를 의논하기에 이르렀다. 그 아래 있던 장수들이 찬보를 사로잡아 결박하여 양소유가 있는 진에 와서 항복하였다.

양소유가 다시 군사의 대열을 정비하고 도성에 들어가 노략질하는 것을 금지하며 백성을 어루만져 주었다. 그 후 곤륜산에 올라가 비석을 세워 당나라의 위엄과 덕을 기록하고 군사를 돌려

가는 곳마다 나라가 흥하게 하니
천하를 다 가진 기분이로다!

개선가를 부르며 서울로 향했다. 진주 땅에 이르자 이미 가을이어서 산천이 황량하고 천지가 스산했으며 찬 꽃은 슬픔을 빚어냈고 날아가는 기러기는 슬픔을 불러 나그네의 수심을 더했다.

양소유가 밤에 객사에 들어가니 마음은 울적하고 긴 밤은 쓸쓸하여 잠이 오질 않아 스스로 생각했다.

'고향을 떠난 지 벌써 삼 년이구나. 어머니의 근력이 전 같지 않을 텐데 병구완은 누구에게 부탁하며 아침저녁 문안은 어느 때에 하게 될까? 난리를 평정하여 오늘 뜻을 이루었으나 노모를 봉양할 마음은 이때까지 펴지 못하였으니 자식 된 도리가 아니로구나. 더구나 수년 동안 나랏일에 분주하여 아내를 두지 못하였고 정씨와의 혼사도 꼭 되리라 기대하기도 어렵게 되었다. 이제 5천 리 땅을 회복하고 백만 명 도적을 평정하였으니 황제께서 반드시 큰 벼슬과 상을 내리어 애를 쓴 수고로움을 갚으실 것이다. 그 벼슬을 사양하고 이 사정을 아뢰어 정씨와의 혼인을 간청한다면 혹시 허락하실 수도 있지 않을까.'

사람들은 흔히 승승장구하면 아무것도 부러울 것이 없겠다고들 생각하지. 모든 일에 성공하고 모든 사람들이 우러러보는 자리를 차

지하게 되면 날아갈 듯한 기분이 들 것 같단 말이야. 그런데 꼭 그럴까? 양소유를 보니까 정말 모든 것을 이루긴 했는데, 찬찬히 들여다보니 딱한 신세이기도 하구나. 아버지는 일찍이 집을 떠나 버려, 어머니 홀로 고생해서 키운 자식이 바로 양소유란 말이야. 어떻게든 빨리 출세해서 어머니를 편하게 해 드리고 싶은 마음이 간절했겠지. 그러나 나랏일에 바쁘다 보니까 어머니를 편히 모시기는커녕 안부도 모르고 지내는 거지. 그뿐 아니야. 과거를 보기 전부터 마음에 두고 있던 정경패와는 정식으로 혼인 약속을 한 사이였지만, 공주가 끼어드는 바람에 이제 그 일도 잘 이루어질지 장담할 수 없는 지경이 되고 말았어.

그래서 큰 승리를 하고도 돌아가는 양소유의 마음은 한없이 무거웠던 거야. 양소유만 그런 게 아니라 웬만한 사람들도 다 그렇다고 보면 돼. 하루가 멀다 하고 텔레비전에 얼굴이 나오는 유명 인사가 있다고 해 봐. 그런 사람이라면 텔레비전에만 나오겠어? 본래 직업이 있을 테니 그 일도 해야겠고, 짬짬이 강연도 다니겠고, 만날 사람도 많겠지. 그렇게 살다 보면 정작 자기에게 가장 소중한 사람들에게는 소홀히 하기 쉽지. 물론 주변 사람들이 자랑스러워하기는 하겠지만, 정작 본인이 가장 필요한 곳에서는 큰 역할을 못하게 된단 말

천하를 호령했는데,
마음은 허전해….
엄마 보고싶엉…

이야. 그래서 높은 자리에 갈수록 도리어 외로워지는 일이 많기도 하단다.

여기서 양소유가 그리워하는 것은 어머니와 사랑하는 사람인데 그 둘을 다 이룰 수 없는 게 속상한 거야. 결국, 다시 중앙으로 와서 두 아내를 얻고 또 고향으로 돌아가 어머니를 뵙고 효도를 하게 되지. 여기에서 고향은 양소유가 맨 처음 출발한 동쪽의 수주야. 양소유는 그렇게 하여 어머니를 모시고 다시 장안으로 들어오게 되는데, 이로써 천하를 한 바퀴 돈 후 다시 고향을 거쳐 한복판으로 돌아오는 큰 그림이 완성이 되거든. 지금도 큰 공직에 오르게 되면 먼저 현충원 같은 데 가서 나라를 위해 돌아가신 호국 영령께 인사를 올리지만, 그 다음으로 가는 곳은 대개 고향이잖아. 고향에 가면 선산이 있을 테니까 자신의 뿌리가 되는 조상들께 인사를 드리고, 또 친척이나 고향 어르신들께도 인사를 드리지. 고향 사람들의 축하를 받으면서 중앙 무대에서 크게 활약할 수 있는 힘을 받아 오는 거야.

사람이 꼭 연어처럼 자신이 왔던 곳으로 돌아가는 것은 아니지만, 넓은 세상을 돌아본 후에는 자신이 출발한 곳을 찾아 그동안 살아온 길을 되짚어 보면서 삶의 완성을 향해 나아간다는 말이야.

그러게, 가장 가까운 사람을 못 챙긴다면
천하 주유가 다 무슨 소용이람.

저마다의 천하를 찾아서

영웅이 이렇게 여러 지역을 지나다니는 것은 신화에서 아주 흔한 일이기도 해. 그리스 신화에서 가장 탁월한 영웅인 헤라클레스는 유명한 열두 가지 과제를 해내는데, 신기하게도 어떤 괴물을 물리칠 때마다 그 괴물이 어디 사는지를 꼭 명기하거든. 네메아 계곡의 사자, 레르나 늪의 히드라, 케리네이아 산의 암사슴, 에리만토스 산의 멧돼지…. 그런 식으로 쭉 계속되는데, 그 지역들을 따라다니다 보면 어느새 그 당시 그리스 사람들이 상상하던 온 세상이 나오게 돼. 예를 들어, 세 번째의 케리네이아 산의 암사슴을 구하기 위해서는 아예 지구의 북쪽 끝으로 가야 했고, 열한 번째의 헤스페리데스의 황금 사과는 서쪽 맨 끝에 있었거든.

앞으로 영웅 이야기가 나오거든 주인공의 행적을 잘 찾아보렴. 점차 큰 힘을 얻어 나가기 위해서든, 세상에 큰 힘을 행사하기 위해서든 그렇게 세상 곳곳을 돌아다니는 이야기가 제법 많을 거야.

홍이도 어린 영웅이니까 아마 그런 세상을 꿈꿀 것 같은데, 지금까지 살면서 몇 나라나 가 보았니? 아직 어리니까 한 대여섯 나라쯤이 아닐까 싶어. 내가 홍이 나이 때에는 우리나라를 단 한 번도 벗어

저도 왔어요.
어머니! 저 왔어요.
소유가 왔습니다!

난 적이 없으니까 어린 나이에 그만큼 다녔다는 것도 장하기는 하지만, 아직 돌아볼 곳이 많지. '천하'라는 것은 '하늘 아래'라는 뜻으로, 결국 하나의 세상이라는 의미야. 5대양 6대주라는 지구가 커다란 세상일 거고 그 세상을 많이 보는 것이 중요해. 우리가 영웅이 되기 위해서는 어떠한 의미에서든 온 세상을 우리의 두 발로 직접 밟고 다닐 필요가 있어. 여기에서의 '두 발'은 꼭 우리 몸의 일부분을 의미하는 것이 아니라 비유적인 표현이야.

대학 시절, 존경하는 은사님께서 물으셨어. "제군들, 논문은 무엇으로 쓰나?" 앞의 친구가 대답했지. "손으로 씁니다." 선생님께서는 고개를 저으셨어. 다른 친구가 대답했어. "머리로 씁니다." 여전히 같은 표정이셨고. 또 다른 친구가 대답했지. "엉덩이로 씁니다." 충격적인 대답이었어. 책상에 진득하니 앉아서 공부를 한다는 뜻이었지. "좀 낫구먼. 하지만 아닐세." 조금 기다리시더니 선생님께서는 스스로 대답하셨어. "발로 쓰는 거라네. 두 발로 뛰어다니면서. 하하." 우리는 갓 스물이었고 그저 괴팍한 선생님이겠거니 했지만, 시간이 지날수록 그 말이 자꾸 생각 나. 자기 발로 여기저기 다니면서, 몸소 체험한 것을 바탕으로 써야 제대로 된 논문이 될 수 있다는 말씀이겠지.

홍이 또한 앞으로 살아가면서 천하 주유를 할 게 참 많을 것 같다. 예를 하나 들어 볼까. 네가 대학에 들어간다면, 그래서 첫 번째 방학을 맞게 되면 적어도 두 달 남짓의 긴 시간이 있잖아. 그럴 때 방학마다 우리나라의 한 도씩을 여행할 수도 있겠고, 또 세상의 한 대륙씩을 여행할 수도 있겠지. 그러나 천하는 그렇게 눈에 보이는 땅만 말하는 것이 아니야. 보이지 않는 많은 영역들이 다 천하가 될 수 있어. 그런 여행이 아니더라도, 이번 방학은 세계 문학 전집을 독파하고, 다음 방학은 한국 문학 전집을 독파하고, 다음 방학은 세계 사상 전집을 독파하는 식으로 해서 좋은 작품들을 완독해 나가는 독서 여행을 해 나갈 수도 있을 거야. 또, 음악에 관심이 있다면 세계의 민속 음악을 듣고 녹화해 올 수도 있겠고, 미술에 관심이 있다면 세계의 유명한 박물관이나 갤러리를 찾아다닐 수도 있겠지.

그렇게 세상을 돌다 보면, 자신의 숨겨진 재능도 발견하게 되고 거꾸로 자신의 한계도 알게 될 거야. 또, 새롭게 만나는 곳곳의 경치에 놀라기도 하고 집이나 고향의 소중함도 깨닫게 되겠지. 양소유가 그랬듯이, 길을 떠나면서 나날이 성취하는 것이 기쁘기도 하고 또 그 과정이 피곤하기도 하며, 얻기도 하고 잃기도 하면서, 그렇게 다 돌고났을 때 비로소 자기 자신이 선명하게 그 모습을 드러내게 되거든.

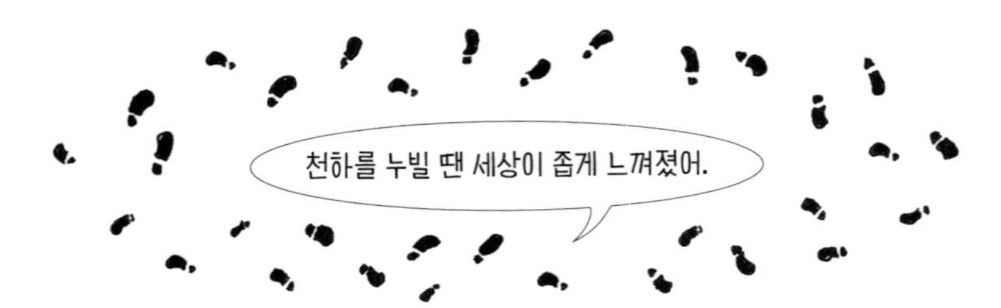

그러니 홍아, 이것 한 가지만 기억하면 좋겠구나. 앞으로 네가 뛸 무대는 온 천하라는 사실 말이야. 그것 하나만 잊지 않아도 인생을 알차게 보낼 수 있을 거야.

그런데, 양소유의 천하 주유만 이야기하고 미인들 이야기는 왜 안 하느냐고? 다음 레벨을 기대하렴. 이미 말한 대로, 그 또한 또 하나의 천하 주유인 것을 알게 될 거야.

진짜 '나'를 들여다보는 것이
바로 '천하 주유'구나.

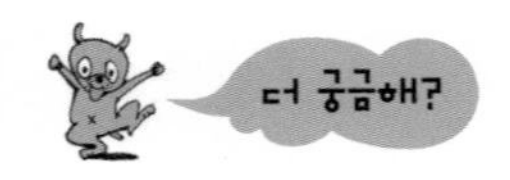

양소유가 정말 천하를 다 돈 거야?

이 책에서 천하 주유라는 말은 많이 들었는데 정말 그렇게 천하를 다 돌아다닌 것인지 궁금하지요? 물론 여기에서의 천하는 지구 전체는 아니고, 당나라를 중심으로 한 세상이었지요.

먼저 과거를 치러 가는 길을 보지요. 웬만한 소설 같으면 고향인 수주에서 출발하여 장안에 가서 시험을 쳤다는 식으로 간단히 끝낼 텐데 『구운몽』은 달랐습니다. 장안으로 가는 길에 화음현에서의 일을 소상히 그려 내고, 전란이 일어나서 남전산으로 피하는 과정을 집어넣고, 과거가 취소되어 다시 치러야 하는 과정이 덧붙고, 그런 김에 낙양 땅까지 구경하는 과정이 덧보태지는 것이지요.

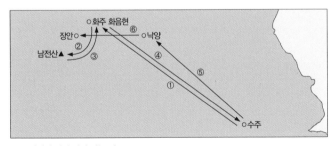

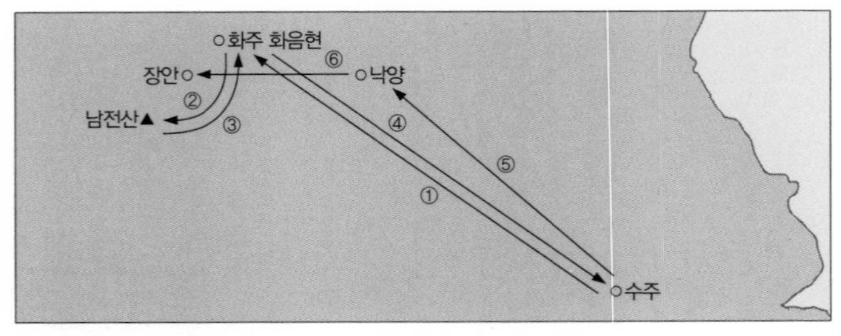

▲두 차례의 과거 치러 가는 길

과거에 급제한 후에는 군대를 이끌고 출정을 하게 됩니다. 이때도 한 차례의 출정으로 끝내지 않고 두 차례의 출정이 이어집니다. 1차 출정에서 북쪽 끝으로 올라가서 연나라를 물리친 후, 서쪽 끝으로 가서 토번을 물리칩니다. 그리고 꿈속에서 다시 남쪽으로 내려가서 동정호의 오현을 물리치고, 잠깐 형산을 다녀옵니다. 자 그런데 이 그림을 앞에서 본 과거를 치러 가는 길과 합쳐 본다면 어떻습니까? 동쪽 끝 수주에서 시작한 그의 여정이 잘 드러나지요. 동쪽에서 중앙으로 갔다가, 북쪽으로 갔다 중앙으로 온 후, 서쪽으로 갔다가, 꿈속에서 남쪽을 찍고 오는 겁니다.

두 차례의 과거와 두 차례의 출정으로 양소유의 천하 주유가 완성된 셈입니다. 여러분도 부러우면 세계지도를 하나 방 한구석에 붙여 두고 돌아다닌 길들을 이렇게 그려 보세요.

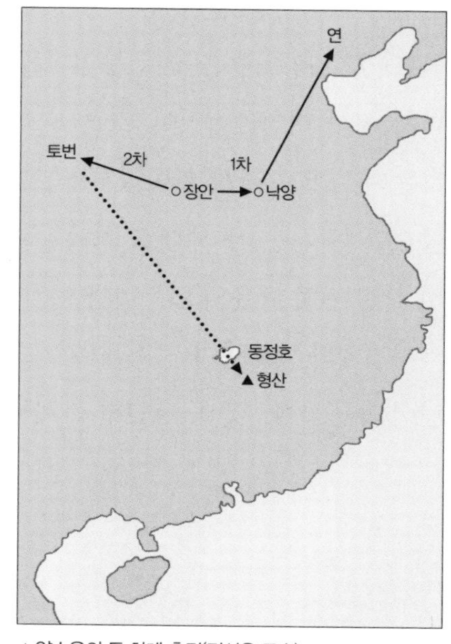

▲양소유의 두 차례 출정(점선은 꿈속)

레벨 8. 모든 것을 이룬 후

진채봉과 가춘운까지

정경패는 영양 공주가 되어 이제 두 명의 공주가 생긴 것까지는 알고 있지? 양소유는 결국 부인이 둘이 생기게 되었는데, 문제는 나머지 여섯 미인들이었어. 그들도 모두 양소유와 짝을 맺어 주어야 하는데 그게 복잡한 일이었거든. 그 과정을 간단하게라도 설명하지 않으면 『구운몽』을 제대로 이해할 수 없을 뿐만 아니라, 이 또한 앞서 살핀 천하 주유의 일부니까 여기서 살펴보도록 하자.

정경패와 이소화가 양소유의 두 부인이 된다면 가장 서운해할 사람이 누구일까? 맞아, 당연히 진채봉이겠지. 진채봉은 가장 먼저 양

소유를 만났고 본디 높은 신분의 여자였으니까 부인이 된다 해도 하나도 이상할 게 없잖아. 아무튼, 정경패를 공주로 삼기로 하고, 황태후 앞에서 황제가 그 증서를 써. 내용은 이미 알고 있는 그대로야.

'태후마마의 성스러운 뜻을 받들어 수양딸 정씨를 영양 공주로 삼는다.'

글씨를 쓰려면 붓과 벼루가 필요한데 그걸 가져다준 사람이 바로 진채봉이야. 궁녀가 된 진채봉이 황제 곁에 있다가 그 일을 한 거지. 이런 과정에서 황태후가 매우 흡족해했고, 황제는 그 틈에 진채봉 이야기를 꺼냈어. 그 아버지가 죄를 짓기는 했지만 세운 공도 있고 하니 이제 그만 그녀가 원하는 대로 양소유와 함께 살도록 해 주자는 거였어. 황태후가 그 뜻을 받아들여서 진채봉은 양소유의 첩이 돼.

정경패와 이소화, 진채봉과 가춘운, 이 네 명의 여자들은 양소유의 처와 첩이 되는데, 이들 넷이 만나는 과정이 마치 네 자매의 상봉처럼 그려져. 처음에 태후는 영양 공주와 난양 공주에게 시를 짓게 해서 그들의 속마음과 재능을 슬쩍 떠본 일이 있어. 그 시를 황제에게 보였더니 둘 다 잘 지었지만 영양 공주가 조금 더 낫다고 평했었지.

소유는 언제 가정을 꾸리는 거야?

이번에도 진채봉에게 시를 짓게 했어. 진채봉은 옛 시집인 『시경』에 있는 내용을 끌어다가 멋지게 시를 썼지. 그래서 공주들이 그 시에 대해 감탄하면서 가춘운도 시를 잘 쓰는데 한 번 보고 싶다고 했어. 결국, 가춘운까지 궁으로 불러들여 시를 짓게 하고 보니 넷이 무슨 백일장이라도 치른 듯했고, 그것으로 서로의 마음을 다 알게 되었어. 모두들 양소유를 남편으로 맞고 싶어 하면서 또 서로 질투나 시기를 하지 않고 각자의 자리를 잘 지키겠다는 내용이었으니까 더욱더 서로를 믿고 의지하게 된 거야.

아, 정경패가 죽다니!

이제 정식으로 혼례를 치러야 하는데, 이 과정에서 아주 재미있는 일이 생겨. 양소유가 누구야? 오랑캐를 단번에 제압하고 돌아온 개선장군이잖아. 영웅 중의 영웅이지. 그러나 황실에서 보자면 그 또한 신하일 뿐이란 말이야. 그런데 신하 때문에 여간 골치가 아팠던 게 아니야. 사위로 삼겠다고 하면 거절이나 하고, 마음대로 되지 않는 일이 많았지. 황태후는 양소유가 그렇게 한 데 대해 소심한 복수를 하고 싶어 했어. 한 번 골려 주자는 거였지.

쑥덕쑥덕!!
소근소근!!
작전중!!
소근소근!!
쑥덕쑥덕!!
쑥덕쑥덕!!
소근소근!!

태후의 작전은 이랬어. 양소유가 전쟁에 나가 있는 동안 정경패가 죽었으니 별수 없이 난양 공주와 결혼해야 한다고 하는 거지. 그러면 어쩔 수 없이 결혼을 할 텐데 그 결혼식에서 정경패를 알아보는지 시험해 보는 거야. 늘 양소유가 제 고집만 내세워서 황실을 곤란하게 했으니 이번에는 황실의 뜻을 따르지 않으면 안 되게 덫을 친 셈이지. 그것도 이중 삼중의 덫을 마련해서 옴짝달싹 못하게 한 건데, 누구의 명이라고 거역하겠어. 태후의 작전대로 일은 착착 진행되었지.

이게 재미있는 것은 이제 양소유가 그 옛날의 양소유가 아니기 때문일 거야. 그는 이제 위풍당당하게 개선했고, 황제가 직접 나가 맞을 정도로 대단한 인물이 되었지. 황제가 왕으로 삼겠다는 것을 사양했지만 대승상 벼슬과 위국공의 지위가 내려졌고, 삼만 가구를 다스릴 수 있는 권한이 주어졌지. 게다가 황금 만 근, 비단 십만 필, 말 천 필 등등 엄청난 상도 내렸고, 성대한 잔치를 열어 주었단 말이야. 그런 영웅이 거짓에 속아서 쩔쩔 매니까 더욱 재미있지. 그게 아니더라도 사실 새 사위를 맞을 때면 한 번쯤 장난을 치면서 사위를 곤경에 빠뜨리는 풍습이 있어. 어떤 집단이든 새로운 구성원이 들어가기엔 호락호락하지 않다는 뜻이기도 해.

아무튼 양소유는 대궐을 나와 정 사도의 집으로 갔는데, 가춘운이 슬프게 말했어. 정경패는 본래 하늘나라 선녀인데 잠시 인간 세계에 귀양을 왔다가 다시 돌아갔다고 말이지. 그러면서 자기더러 양소유를 계속 섬기라고 했으며, 꼭 난양 공주와 혼인하라고 했다고 꾸며 댔어. 양소유는 슬픔을 억누르며 꼭 그렇게 하겠다고 다짐했지. 이리하여 양소유는 영문도 모른 채 공주와 결혼 날짜를 잡았어. 그런데 황제가 양소유를 부르더니 이상한 말을 하는 거야. 자기에게는 여동생이 하나가 아니라 둘이 있는데, 그 둘을 다 양소유와 혼인을 시키겠다는 거였지. 그뿐 아니라 궁녀 한 명까지 첩으로 삼도록 하겠다는 거야.

혼인식을 마친 후, 첫째 날은 영양 공주 정경패와, 둘째 날은 난양 공주 이소화와, 셋째 날은 진채봉과 함께했지. 그러면서도 영양 공주가 정경패인지도 몰랐고, 또 궁녀가 진채봉인 것도 알아채지 못했어. 그도 그럴 것이 다들 양소유와 만난 기간이 너무도 짧았던 데다가 상상도 못할 곳에서 밤에 다시 만나게 되었잖아. 황제는 영양 공주를 우부인, 난양 공주를 좌부인, 진채봉을 숙인으로 봉해 주었으니 그저 그런 줄만 알았던 거야. 양소유는 셋째 날에서야 모든 것을 알았어.

아, 경패 씨…
네 뒤에 있는 공주가 경패다, 짜샤.

셋째날 진채봉의 방에 가니 진 숙인이 눈물을 흘렸다. 양 승상이 놀라 물었다.

"오늘 웃는 것은 옳은 일이나 우는 것은 옳지 않다. 무슨 까닭이 있는 듯하니 사실대로 말하라."

숙인이 대답했다.

"저를 기억하지 못하시니 승상께서 이미 잊어버리신 것입니다."

승상이 자세히 보더니 숙인의 옥같이 고운 손을 잡고 말했다.

"그대는 화음현 진씨로구나. 내 오매불망 잊지 못했었다."

그렇게 한 사람을 알아본 것을 계기로 줄줄이 실제 인물이 모습을 드러냈어. 마침내 정경패의 몸종으로 온 가춘운까지 맞아들여서 네 명의 여자와 살게 된 거지.

마침내 한 울타리 안으로

가정을 꾸리게 된 양소유는 황제께 상소를 올려서 고향의 어머니를 모셔오고 싶다고 했어. 결국 집 떠난 지 3, 4년 후에야 고향에 가서 어머니를 모셔 오게 돼. 가는 길에 낙양을 지나며 계섬월과 적경

흑흑, 어떻게 날 잊어? 내가 젤 이쁜데!
경패… 아, 아니 채봉이지. 오빠가 미안해.

경복당: 어머니

봉소궁: 난양 공주

연희당: 영양 공주(정경패)

영춘각: 가춘운

심홍원: 진채봉

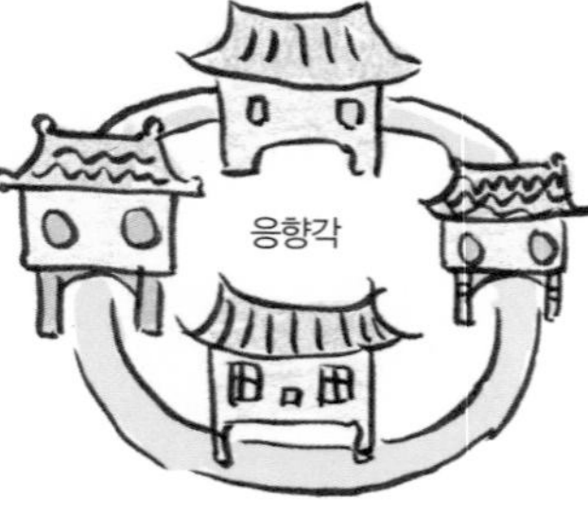
응향각

청화루

상화루: 계섬월

망월루: 적경홍

최사당

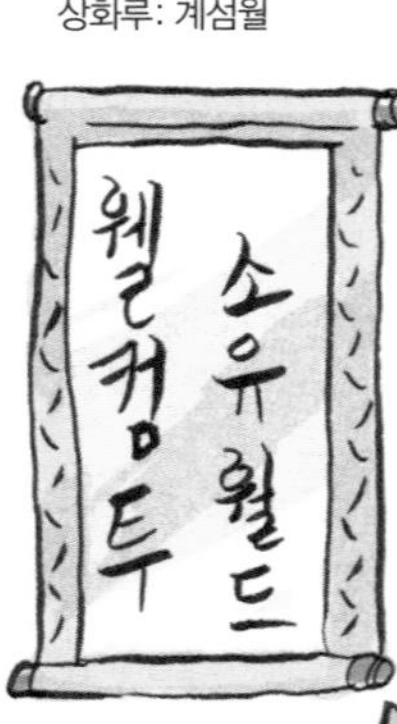

연현당

홍의 종적을 찾았지만 알아내질 못했어. 양소유는 이제 궁궐에서 어머니를 모시고 네 부인과 함께 살게 되었지. 그러던 어느 날이었어. 문밖에서 어떤 두 여자가 양소유를 찾는다는 전갈이 왔어. 계섬월과 적경홍이었지. 둘은 양소유와 어머니 유씨 부인에게 인사를 올린 후 멋지게 춤을 추어 보였어.

이렇게 되어 여섯 미인들이 한 집에 있게 되었지. 양소유는 집 안에 여러 거처를 마련하고 각각의 사람들을 배치했어.

> 중심 건물인 경복당에는 양소유의 어머니 유 부인이 살고, 그 앞 연희당에는 영양 공주가 살며, 서쪽 봉소궁에는 난양 공주가 산다. 연희당 앞쪽 응향각과 그 앞의 청화루는 양소유가 평소에 지내면서 잔치를 베푸는 곳이고, 청화루 앞 최사당과 그 앞 바깥채인 연현당은 손님을 접대하며 공무를 보는 곳이다.
>
> 봉소궁 남편에 있는 심홍원에는 진채봉이 살고, 연희당 동편의 영춘각에는 가춘운이 산다. 청화루의 동편과 서편으로 작은 누각이 있는데 푸른 창에 붉은 난간이 서로 비추며 그 행랑이 빙 둘러 청화루와 응향각으로 이어져 통하게 되어 있다.
>
> 응향각의 동편은 상화루, 서편은 망월루인데 계섬월과 적경홍

이 각각 살았다. 궁중의 음악을 담당하는 기생 80인 모두가 천하에 미모가 빼어나고 재주가 있는 사람들이어서, 동부와 서부로 나누어 동부 40인은 계섬월이 관장하고 서부 40인은 적경홍이 맡아 가무를 가르치고, 매월 청화루에 모여 동·서 양부의 재주를 비교하였다.

양소유는 어머니를 모시고 두 공주를 거느리고 직접 상과 벌을 주는데 이기는 사람에게는 상으로 술 석 잔을 주고 머리에 꽃가지를 하나 꽂아 그 영광을 표했고, 지는 사람에게는 벌로 냉수를 한 잔 먹이고 붓으로 이마에 점을 하나 찍어 부끄럽게 하였다. 이 때문에 모든 기생의 재주가 나날이 성숙하여 양소유가 거느리는 기생들과 월왕이 거느리는 기생들의 음악이 천하에 유명하여 황제가 궁궐에서 가르치는 음악도 따르지 못할 정도였다.

어머니를 모신 데다 나머지 미인들이 차례로 모이고, 집안이 완전히 정비가 된 거지. 마침내 좀 쉬고 싶다던 양소유의 꿈이 거의 이루어졌어. 각지에 흩어져 있던 사람들이 모였고, 또 그들이 각자의 건물을 한 채씩 가지고 호화롭게 지내게 되었으니 말이야. 그뿐이 아니라, 너도 기억하겠지만 월왕이 누구야. 황제의 형제잖아. 그런 사

람이 거느린 기생들과 쌍벽을 이룰 만큼 출중한 기생들이 양소유 집에 있었다는 거야. 그러니 날이면 날마다 술을 마시고 춤을 추고 그랬을 거란 말이지.

성진이 동정호 용궁에 가서 술 몇 잔 먹고, 팔선녀와 말 몇 마디 한 것을 가지고 큰 죄를 지었다고 한 데 비하면 참으로 엄청나지. 비록 양소유가 큰 공을 세웠다고는 하나 여섯 부인을 두고 황실에 못지않게 호화롭게 산다는 게 아무리 봐도 과한 느낌이 들어.

낙유원의 사냥 놀이

양소유의 호사스러운 생활은 여기서 끝나는 게 아니었어. 눈치챘겠지만, 아직 두 명의 미인을 덜 만난 데다, 또 집에 아무리 미인이 많다고 하더라도 허구한 날 집 안에만 있어서야 별 재미가 없겠지. 그래서 바깥에서 신나게 즐기는 놀이가 마련돼. 어느 날 월왕에게서 편지가 온 거야. 이제 처남매부 사이가 된 데다, 양쪽의 기생들이 당대 최고라고 했으니 슬쩍 겨뤄 볼 마음이 있었던 거지. 그간 나랏일에 바빠 제대로 놀아 보지 못했으니 이제 낙유원이라는 데에 가서 사냥을 하면서 즐기자는 거였어.

그런 좋은 기회라면 양소유가 마다할 리가 없었고, 바로 낙유원의 사냥 놀이가 시작되었어. 양소유와 월왕은 타고 온 말도 서로 자랑하고 사냥 솜씨도 뽐냈지. 그러나 역시 이 놀이의 정점은 미인 자랑이었어. 어느 쪽 미인이 더 뛰어난가로 승패가 갈리는 거야. 월왕은 당대 최고의 미인들로 꼽혔던 두운선, 설교오, 만옥연, 해연연 등 네 미인을 데리고 와서 한껏 자랑을 했고, 양소유 쪽에서도 나설 차례가 되었지. 그런데 월왕은 이미 계섬월에 대한 소문을 많이 들어 보았지. 그녀가 노래를 잘하여 그것으로 인연이 되었다는데 그때의 그 노래를 직접 들어 보고 싶다고 청했어.

승상이 대답했다.

"술에 취해 무심하게 지은 것을 어떻게 기억하겠습니까?"

그러자 월왕이 섬월에게 말했다.

"승상은 비록 잊었지만 낭자는 혹시 외울 수 있겠느냐?"

섬월이 월왕에게 여쭈었다.

"제가 아직 기억합니다만 종이에 써 드릴까요, 노래로 불러 드릴까요?"

월왕이 더욱 기뻐 말했다.

"노래로까지 얹어 들으면 더욱 기쁠 것이다."

섬월이 앞에 나가 노래를 부르니 모든 사람들이 다 놀랐다. 왕이 크게 경의를 표하며 칭찬했다.

"승상의 글재주와 섬월의 맑은 노래는 세상에 제일이오. 그 글 중에 '꽃가지가 미인이 예쁘게 꾸민 것을 부끄러워하니 가녀린 노래가 나오기도 전에 벌써 입이 향기롭다.'는 말이 섬월의 미모를 그려 냈으니 이태백에게도 양보 못할 실력입니다. 감히 칭찬의 말을 덧보태기 어렵겠소이다."

소문만 무성하고 알맹이는 없는 경우도 많으니까 월왕이 직접 보고 싶어 한 거겠지. 그런데 직접 양소유와 시도 나누고, 또 계섬월의 노래도 들어 본 후 월왕은 두 손을 들고 말았어. 양소유의 시와 계섬월의 노래가 서로 상승 작용을 일으켜서, 당나라 시인 이태백이 있다 해도 그보다 못하겠다고 했어. 이렇게 계섬월이 노래를 뽑아 기선을 제압한 후, 다음으로 적경홍이 나섰어.

월왕이 즐거워 어쩔 줄 몰라 했다. 그는 모든 손님들과 함께 장막 밖에 나가 무사가 칼을 쓰며 서로 겨루는 모습을 보고 말했다.

"미인이 말을 타고 활을 쏘는 것도 또한 볼 만하기에 내 궁중에 활쏘기와 말 타기에 능숙한 사람이 수십 명 있소. 그런데 승상 댁에 있는 미인들 또한 북방에서 따라온 사람도 있으니 불러서 꿩을 쏘고 토끼를 쫓으며 한바탕 웃고 즐기는 게 어떻겠소?"

양소유가 크게 기뻐하여 미인들 가운데 수십 명을 골라 월궁의 미인들과 함께 내기하게 하였다. 그러자, 적경홍이 자신이 먼저 하겠다고 나섰다. 양소유는 기뻐하여 즉시 몸에 찬 활을 끌러 주었다. 적경홍은 활을 잡고 서서 모든 미인들에게 말했다.

"비록 맞히지 못할지라도 낭자들은 웃지 말아 주세요."

그러고는 준마 위에 나는 듯이 올라타 장막 앞을 달렸다. 그때 마침 꿩 한 마리가 풀 속에서 날아올랐다. 적경홍은 잠깐 가느다란 허리를 젖히고 활시위를 당겨 올리자 오색 깃털이 말 앞에 떨어졌다. 그러자 양소유와 월왕이 크게 웃으며 손뼉을 쳤다. 적경홍이 몸을 굴려 장막 밖에 내려 천천히 걸어 자리에 나아갔다. 모든 미인이 다 하례하였다.

기억하지? 적경홍은 남장을 하고 양소유를 속였던 인물이잖아. 그러니 이렇게 남성들의 전유물인 무기를 들고 춤을 추는 거지. 마

누가 내 활 솜씨를
따라오겠소.
우와~~~
짝 짝 짝 짝 짝 짝 짝 짝 짝

치 양소유가 문무를 겸한 것처럼, 계섬월이 노래를 하고 적경홍이 활솜씨를 뽐내면서 둘이 힘을 합쳐 본때를 보인 거야. 그렇지만 월왕이 데리고 온 네 명의 기생들이 보여 준 다양한 재주를 따라가기는 어려웠어. 우선 수적으로 불리했고, 또 계섬월이나 적경홍의 솜씨는 뛰어난 기생들이라면 어느 정도 갖출 만한 것들이란 말이지.

바로 이때 나타난 여자가 심요연과 백능파였어. 심요연은 양소유를 죽이려 파견된 자객이었고, 백능파는 아예 사람이 아니라 용왕의 딸이니 그 출신부터가 남다르잖아. 여느 기생들이 도저히 흉내 낼 수 없는 재능을 가지고 있다는 뜻이지. 먼저, 심요연은 섬뜩한 칼춤으로 사람들을 휘어잡았어. 양소유와 월왕이 자기 허리에 차고 있던 칼을 끌러 주자 멋지게 솜씨를 뽐낸 거야.

> 심요연은 소매를 걷고 허리띠를 풀고 몸을 날려 춤을 추었다. 위아래로 섬광이 번뜩이며 이쪽저쪽 마음대로 치달으며 단도와 장검이 한 빛이 되어 봄에 내린 눈이 복사꽃 떨기 위에 뿌리는 듯하더니 곧 춤추는 소리가 급박해지고 칼이 더 빠르게 돌아가자 이번에는 가을 서리빛이 갑자기 장막 속에 가득하더니 이내 심요연의 몸이 보이지 않았다. 그러다가 갑자기 푸른 무지개 한

줄기기가 하늘에 뻗치며 찬바람이 술상 위로 스쳐 지나서, 자리에 앉은 사람들이 뼈가 저릿저릿하며 머리털이 쭈뼛거렸다. 심요연이 제가 배운 것을 다하려 했지만 월왕이 놀랄까 하여 그만 멈추고 칼을 던지며 두 번 절하고 물러갔다. 월왕은 한참 후에나 정신을 가다듬고 여인에게 말했다.

"사람의 칼춤이 어찌 이렇게 신묘한 경지에 이를까? 듣자니 '신선 가운데 칼춤 능한 자가 많다'고 하니 낭자가 바로 그 사람이 아니냐?"

월왕은 이제 완전히 꼬리를 내렸어. 오죽하면 심요연은 인간 세계의 사람이 아니라고 했겠어. 이제 남은 사람은 하나. 그래, 백능파만 남았어. 백능파는 비파를 탔어.

백능파가 소매에서 비파를 꺼내 한 곡조를 탔다. 그 소리가 맑고 애절하여 슬퍼서 원망하는 듯하고, 계곡에 물이 떨어지는 듯도 했으며, 기러기가 슬피 우는 듯도 해서, 자리에 있던 모든 사람들이 갑자기 구슬퍼져서 눈물을 흘렸다. 그러더니 주변의 나무와 풀이 저절로 움직이며 가을 소리가 잠깐 나더니 병든 나뭇

잎이 어지러이 떨어졌다.

대단하지? 음악이 천지를 감동시켜서 사람의 마음은 물론 초목까지 움직인 거야. 그렇게 계섬월과 적경홍에 이어 심요연과 백능파까지 합세하자 월왕은 완전히 정신을 잃은 듯했어. 자기가 데려온 미인들도 대단했지만, 양소유의 네 미인에는 도저히 당해 낼 수 없었던 거야. 그 조합부터 보통이 아니었으니 당연하지. 한마디로 양소유의 완승이겠지.

승리의 비결은 바로 네 미녀의 개성에 있어. 계섬월과 적경홍은 친구 사이라고는 해도 아주 달랐어. 계섬월이 낙양을 중심으로 한 도회 여자라면, 적경홍은 변방에서 활동하던 여자였어. 그래서 둘이 선보인 재주도 그렇게 달랐던 거지. 심요연과 백능파 역시 마찬가지였어. 둘 다 사람들이 사는 세상에서 멀리 떨어져 지내는 공통점이 있기는 해도, 심요연은 산속에서 무예를 연마한 무인이었고, 백능파는 물속에서 용왕의 딸로 귀하게 자란 공주였어. 심요연이 보통 인간들이 하기 힘든 현란한 칼춤을 선보이고, 백능파 또한 인간 세계에서 듣기 힘든 음악을 연주할 수 있었던 이유이지.

이 낙유원의 사냥 놀이는 양소유의 삶이 절정에 이르는 대목이야.

흐엉흐엉, 훌쩍훌쩍

모든 일을 다 이루고 아무런 걱정 없이 그저 편안하게 즐기니 왜 안 그렇겠어. 더구나 나머지 두 미인이 등장함으로써 양소유는 여덟 미인을 모두 얻게 되잖아. 형산에서 헤어졌던 팔선녀가 다시 여덟 미인으로 되었고, 여덟 명의 아내로 양소유와 함께하는 거지.

여덟 미인, 또 다른 천하 주유

홍아, 그런데 양소유처럼 살면 신나겠다는 생각이 들면서도 불편한 마음이 생기지 않니? 철저하게 남성 입장이어서 여성의 편에서 보면 영 불공평한 거야. 양소유는 여덟 아내와 함께 잘 사는 것 같지만, 여덟 여자들은 남편 하나를 두고 함께 생활하는 거잖아. 아무리 예전의 법도가 그런 삶을 허용했다고 하더라도 여자들을 대등하게 취급하지 않는 인상을 주기 때문이야.

주인공이 아니라고 그렇게 함부로 다루면 『구운몽』이 뛰어난 작품이라고 할 수 없지. 앞서 말한 대로, 양소유의 천하 주유와 맞물려 이 여덟 여자들도 특별한 역할을 하고 있어. 여덟 미인들을 출신지별로 묶어 보면 다음과 같아. 화주의 진채봉, 소주의 계섬월, 패주의 적경홍, 장안의 정경패, 서촉의 가춘운, 궁궐의 이소화, 양주의 심요

재능도 개성도 각각인 여인들…
근데 왜 하필 여덟 명이지?
복도 많지.

연, 동정호의 백능파. 그야말로 사방에서 골고루 모여 있는 거야.

혹시 '팔방'이란 말을 들어 보았니? '사방팔방' 할 때의 그 팔방 말이야. 사방은 동서남북의 네 방향을 가리키고, 그 사이사이의 모서리를 사우(四隅)라고 해. 그 사방과 사우를 합친 것이 팔방이야. 그래서 8이라는 숫자는 공간의 전체를 말할 때 등장하곤 해. 흔히 좋은 경치를 말할 때는 꼭 8경이라고 해서 여덟 가지를 꼽고, 경치 좋은 곳에 있는 정자는 거의 예외 없이 여덟 모가 난 팔각정이잖아. 이것저것 다 잘하는 사람은 팔방미인이라고 하고 말이야. 여덟 미인을 각기 다르게, 그것도 전국적으로 분포하게 만들어 놓은 것은 우리가 아는 공간의 전부를 망라하기 위해서라고 할 수 있어.

더욱이, 작품을 꼼꼼하게 읽어 보면 알겠지만, 그 의미는 그렇게 고정된 데서 끝나지 않아. 본래 여덟 선녀들은 형산의 한쪽에 갇혀 지내는 것을 몹시 답답하게 여겼잖아. 그러니까 다시 태어난 여덟 미인들은 이번에는 거꾸로 여기저기 돌아다니게 돼. 자신의 의지와는 상관없이 출신지를 떠나 사는 경우가 많아. 진채봉은 본래 화주 사람인데 아버지가 역적으로 몰리자 궁궐에 들어가 궁녀가 되고, 계섬월은 소주 사람이지만 아버지 장례를 치르기 위해 낙양의 기생으로 팔려가게 돼. 가춘운은 서촉 사람인데 아버지가 돌아가시고 장안의 정 사도 집에 몸종 신세로 눌러앉지. 심요연은 양주 사람인데 토번에서 무예를 닦고, 백능파는 동정호에 살았는데 오현을 피해 백룡담에 숨어 지내지. 이소화와 정경패를 제외한 여섯 여자가 사실상 집을 잃고 원치 않는 곳에서 살아야 하는 고달픈 신세인 거야. 이는 양소유가 어려움에 처한 국가를 위해 출정하면서 여기저기를 힘들게 돌아다녔던 상황과 맞물리는 것으로, 양소유와 미인들이 사실은 같은 운명인 것을 알려 주고 있어.

이제, 이 여자들을 다 만나는 것이 천하 주유와 연결된다고 한 말을 알겠지? 또, 공간뿐만이 아니라, 미인들과 만나는 과정도 그렇게 배분되어 있어. 우선 크게는 정상적으로 혼인하는 경우와, 집 밖에서 만나는 경우가 있어. 정경패, 가춘운, 이소화, 진채봉이 전자라면, 계섬월, 적경홍, 심요연, 백능파가 후자야. 또 정상적인 혼인도 정경패와 가춘운처럼 일반 가정집에서 이루어지는가 하면, 이소화와 진채봉처럼 궁궐에서 행해지기도 하지. 집 밖에서도, 계섬월과 적경홍은 기생 출신이고, 심요연과 백능파는 산이나 물을 다니다가 자연에서 만나는 거야. 기묘하게도 둘이 짝을 지어 정교하게 맺어져 있는 것을 알 수 있어.

각양각색의 여덟 미인들이 양소유의 집으로 모였을 때, 여기저기

세상을 누비며 여덟 여인들을
만나는 일이 여덟 세상을
경험하는 일과 같았어.

흩어져 있던 사람들을 한곳에 모아 실제의 축소판처럼 배치해 놓게 돼. 성진과 팔선녀가 모두 형산의 연화봉 생활을 갑갑하게 여겼고, 다시 태어나서는 정말 원 없이 돌아다녀 본 셈이지. 또, 그렇게 돌아다니면서는 언제 다시 한곳에 정착하여 편안히 살아 볼까 생각했는데 결국 그 삶이 이루어진 거야.

홍아, 신기하지? 꿈은 이루어진다는 신념으로 제 꿈대로 살아 보았고, 마침내 그렇게 되었을 때는 또 다른 꿈이 생겨. 그것이 맨 처음의 출발점이라면 더더욱 이상하겠지. 그러나 살다 보면 그렇게 되는 경우가 많아. 무언가를 열심히 찾아 헤맸더니 그것이 나와 가장 가까운 데 있더라는 이야기는 아주 흔해. 우리가 흔히 초심을 잃지 말자는 말을 하는데, 초심이란 게 뭐야? 맨 처음 먹은 마음을 말해. 맨 처음 내 삶에서 가장 소중하다고 여겼던 것들을 잊어버리고 여기저기 헤매는 일이 많지만, 결국 정신을 차리고 보면 그 마음이 제일 중요한 걸 또 알게 되지.

여기에서 중요한 사실 하나! 양소유나 여덟 미인이 그랬듯이 자기가 할 수 있는 데까지 하고, 또 갈 수 있는 끝까지 가 보아야 그런 전환점이 온다는 것!

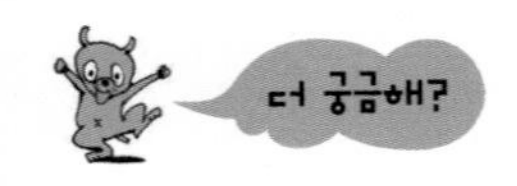

건물 이름에도 서열이?

『구운몽』에서 마침내 모든 사람들이 한자리에 모이면서 여러 건물들이 지어지는데 건물마다 독특한 명명법이 있습니다. 『구운몽』의 본들에 따라 약간씩 다른 이름을 쓰기는 하지만 양소유의 어머니가 거처하는 '-당(堂)' 자가 붙는 건물에서부터, 난양 공주가 있는 '-궁(宮)', 양소유가 잔치를 베푸는 '-각(閣)', 진채봉이 사는 '-원(院)', 계섬월이 사는 '-루(樓)'까지…. 복잡하기 이루 말할 수 없지요.

그런데 이런 이름들에는 서열이 있답니다. 여기에서 가장 높은 서열은 아무래도 '궁'이겠지요. 왕과 왕족이 거처하는 곳이 바로 궁입니다. 난양 공주가 있는 곳만 특별히 '-궁'이라고 했습니다. 본래 황제의 딸이잖아요. 그러나 대개의 궁궐에서는 가장 큰 건물은 '-전'입니다. 왕이 업무를 보고 일상생활을 하는 곳이 바로 이곳이지요. 경복궁에서 가장 큰 건물은 '근정전'이잖아요. 절에 가면 부처님을 모신 본당이 '대웅전'이고, 성균관에서는 공자를 모시는 '대성전'이 있어요. 그러나 『구운몽』에서는 '-전'의 이름을 단 건물이 나오지 않습니다. 양소유가 비록 높은 지위를 얻었다고는 해도 그런 건물 이름을 함부로 쓰기는 좀 곤란했을 듯싶어요.

그래서 그 다음 서열의 '-당'을 사실상 제일 중요한 건물로 삼았습니다. 이런 이유로 어머니의 거처, 첫째 부인이 사는 곳, 양소유가 업무를 보고 생활하는 곳에 '-당'의 이름이 부여되었습니다.

그 다음은 '-각'입니다. '전'이나 '당'이 붙은 건물에 딸린 부속 건물로 보면 됩니다. 예를 들어 창덕궁에 있는 규장각은 궁중 도서관으로 이곳에서 신하들이 책도 보고 정책을 의논하기도 했답니다. 가춘운이 사는 곳이 영춘각인데 그 위치가 영양 공주 정경패가 있는 연희당 옆이었지요? 가춘운은 정경패를 모시던 몸종이었으니까 연희당에 딸린 건물로 인식되었겠지요. 또, 진채봉이 사는 심홍원에 붙은 '-원(院)'은 본래 담장을 두른 집을 뜻하는 말입니다. 진채봉이 궁녀 출신이니까 공주가 있는 봉소궁 곁에 두면서도, 본디 귀족 여성이었으니까 독립성을 드러내기도 괜찮아 보입니다.

마지막으로 '-루'가 있는데요, 이 건물은 2층 높이에 있는 다락 건물을 이야기합니다. 대개 모여서 휴식을 취하고 풍류를 즐기며 놀던 곳이지요. 계섬월과 적경홍이 살던 곳에 이런 이름을 달았는데, 본래 기생이었으니까 그랬겠지요.

레벨 9. 다시 머리를 드는 번민

너무 가득하면 넘치기 쉽다

낙유원의 놀이는 그렇게 화려하게 끝났어. 월왕과 양소유 두 집에서 놀이에 참석한 여자들에게 금은보석과 비단 등을 선물로 주었는데, 진주가 몇 가마에 비단이 산더미 같았다고 하지. 그래서 100세가 된 노인이 눈물을 흘리면서 예전에 황제의 행차를 본 후로 이런 태평성대의 광경을 다시 보게 된다며 감격할 정도였지.

양소유는 집안사람들에게 심요연과 백능파를 인사시켰고 역시 한 식구가 되었어. 그러나 이런 일은 다른 측면에서 보면 흥청망청 놀고 보자는 식의 유흥일 뿐이어서 꼭 좋게만 보일 수 없을 거야. 특히 황실에서 본다면 외동 공주의 배필이 온갖 여자들과 어울린다면 마냥 좋을 수야 없겠지.

다음 날, 태후는 월왕과 양소유를 궁궐로 불러들였어. 놀이 결과가 어떻게 되었는가 묻고는 양소유에게 벌주를 내렸지. 양소유는 잔뜩 취해서 돌아와서는 자신이 벌주를 마신 것이 공주와 결혼한 탓이라며 난양 공주에게 벌주를 내리게 해 달라고 어머니를 졸랐어.

이렇게 이런 핑계 저런 핑계로 사람들이 모두 술에 취해 소동을 벌였지. 심요연과 백능파는 본디 산과 물을 좋아하므로 호수 근처의 산수가 좋은 곳에 거처를 마련해 주었어. 호수의 북쪽으로 돌을 산처럼 쌓은 곳에는 빙설헌을 지어 심요연이 살게 했고, 호수처럼 넓은 물이 있는 곳에는 영아루를 지어 백능파가 살게 했어. 드디어 여덟 여자가 한 남자를 모시고 살게 된 거야. 여자들은 서로 자매가 되는 결연을 맺기로 했고, 나라도 태평한 데다 집안 모두 화목했어.

황제는 양소유를 더욱 사랑했고, 그렇게 더없이 좋은 시간들이 흘렀어. 그 사이 어머니와 정 사도 부부는 장수 끝에 돌아가셨고, 여덟 부인이 낳은 자식들은 모두 잘 되었지. 하나도 빠짐없이 아들들은 높은 벼슬을 하고 딸들은 황실로 시집을 갔어.

자, 일이 이렇게 순탄하게 풀리면 어떤 생각이 들까? 그냥 기분

이제 일이 술술 풀리려나~?
재밌게 살 일만 남았군.

좋을 것 같다고? 음, 그렇겠지. 또? 혹시 나쁜 일이 있을까 걱정이 될 수도 있겠다고? 그래, 그도 그럴듯하다. 과연 양소유는 어땠을까?

하루는 양소유가 생각하였다.

'너무 흥성하면 쇠하기 쉽고 너무 가득하면 넘치기 쉽다.'

그래서 황제께 상소를 올려 물러날 것을 청했는데 그 글은 이랬다.

"승상 신 양소유는 머리를 조아려 백번 절하옵고 황제 폐하께 말씀을 올립니다. 사람이 세상에 나서 소원이 장수나 재상, 공경과 제후가 되는 것에 불과하니, 거기에 이르면 나머지 소원이 없습니다. 또 부모가 자식을 위하여 공명과 부귀를 축원하는데 몸이 공명과 부귀에 이르면 나머지 소망은 없습니다. 그러하니 장상 공후의 영화와 부귀공명의 즐거움이 어찌 사람 마음에 흠모하는 바가 아니겠습니까. 그러나 세상의 부귀영화가 어찌 만족함을 알며 화를 자초하는 줄 헤아리겠습니까. 신이 재주가 적고 능력이 별로 없으나 높은 벼슬을 취하며, 공이 없고 물망이 낮지만 중요한 자리에 오래 있었으니, 존귀함이 신에게 이미 극진하오며 영화로움

이 부모에게 이미 미쳤습니다.

신의 처음 소원이 이것의 만분의 일이옵더니 외람되게 공주의 남편이 되어 예의로써 대접하시는 것이 모든 신하들과 다르고, 은혜로써 상을 주시는 것이 정도를 넘었습니다.…"

너무 길어서 다 옮겨 담을 수 없지만, 그 내용은 아주 간단해. 그동안 황제의 보살핌 덕에 분에 넘치게 살았으니 이제 그만 벼슬을 내놓고 고향으로 가서 편히 쉬겠다는 거야. 옛날에는 벼슬하는 데 임기가 있는 것도 아니고, 황제 또한 정년이 있는 게 아니어서 변고만 없으면 죽을 때까지 할 수 있었지. 칠십, 팔십이 넘도록 벼슬을 하는 일도 드물지 않았어.

그러나 사생활에 제한도 많았고 거의 목숨을 바치는 일이었어. 자신이 모시는 주군과 생사를 함께할 정도였다는 말이지. 그래서 벼슬을 그만두겠다고 임금에게 청하는 일을 '걸해(乞骸)'라고까지 했단다. 말 그대로 해골을 돌려 달라고 구걸하는 걸 말해. 이미 임금께 몸과 마음을 다 바쳤지만, 이제 늙어서 마지막으로 고향에 돌아가 해골을 묻으려고 하니 제발 돌려 달라며 간청한다는 뜻이야.

여기에 담긴 내용 또한 자신은 이제 늙어서 더 이상 벼슬을 하기

손에 쥔 게 너무 많아서
그런 거 아니야?

근데 왜케
나이 들었어?!

어려우니 그만 돌아가겠다는 것이지만, 군데군데 양소유의 속내가 잘 드러나고 있어. 부귀와 공명은 모든 사람들의 소망이지만, 설령 다 이룬다고 해도 만족하기 어렵고 또 그 때문에 화를 불러일으키기도 한다는 거야.

벼슬을 하지 않을 때는 벼슬만 하면 모든 걱정이 없을 듯하지만, 막상 그 일을 하게 되면 힘이 들 때도 있고, 남의 원수가 되거나 미움을 받는 일도 많잖아. 또, 자신이 황실의 사위가 된 까닭에 자기 능력 이상의 특별 대우를 받았는데, 사실은 공정하지 않았다는 거야. 그것이 마냥 편하지만은 않았다는 거지.

영원히 변치 않는 것은 없다

홍아, 그런데 이 대목을 읽고 있으면 어디선가 많이 본 것 같은 느낌이 나지 않니?

전에도 주인공이 이와 비슷한 생각을 한 적이 있잖아. 그래, 맞아. 바로 그 대목, 성진이 그랬지. 사내대장부로 태어나서 공자와 맹자를 읽어 벼슬을 하고, 대장군이 되어 세상을 호령해 보지도 못하고 죽을 신세가 딱하다고 생각했었어. 그런데, 어때? 양소유로 다시 태

어나서 원하는 대로 살아 본 결과, 이제 그만 돌아가 편히 쉬면서 자신을 돌아보았으면 하고 있잖아.

우리가 아는 영웅 이야기들은 원하는 것을 얻으면 끝나는 게 많지? 할리우드 액션 영화를 보면 영웅 앞에 악당이 나타나고 영웅은 고생고생 끝에 악당을 물리치지. 그러면 사람들이 환호하고 영웅은 씨익 웃으면서 스크린 밖으로 사라지지. 그러나 그런 이야기에는 깊이가 없어.

어렸을 때 착한 나라와 나쁜 나라 두 패로 나뉘어 친구들과 전쟁놀이를 했던 게 생각나는구나. 재수 없게 나쁜 나라 편에 뽑히면 공연히 맞기도 하고, 포로로 잡혀서 하수도 맨홀 뚜껑 아래 갇혀 있기도 했지. 초등학교 고학년쯤에 가서야 그런 놀이를 안 하게 되었는데, 어쩌면 세상을 그렇게 둘로 나눌 수 없다는 생각을 한 것인지도 모르겠어. 아이들도 다 아는 일을 진짜 영웅이 모를 리 없겠지.

세계에서 가장 오래된 영웅 이야기인 『길가메시 서사시』 같은 경우가 그래. 길가메시는 기원전 3천 년경 지금의 중동 지역인 메소포타미아의 도시 국가인 우룩의 왕이었어. 길가메시가 어떤 존재였는지 한번 볼까?

대장부로 살아 보니
성진의 삶이 그리운 거로구나~
ㅋㅋ

신들은 길가메시를 창조할 때 그에게 완전한 육체를 주었으니, 즉 위대한 태양의 신 샤마시는 그에게 아름다움을 주었고, 폭풍의 신 아닷은 용기를 불어넣어 주었으며, 그 외의 많은 신들이 그에게 거대한 들소처럼 강한 힘을 주어 보통 사람들을 능가하게 하였도다. 3분의 2는 신이요, 3분의 1은 인간으로 만들었도다.(N. K. 샌다즈, 『길가메시 서사시』, 범우사, 이현주 옮김, 12~13쪽)

길가메시야말로 영웅 중의 영웅이지. 태양과 폭풍 신 등 숱한 신들에게서 각각의 장점들을 모아 놓았으니 왜 안 그렇겠어. 재미있는 것은 그는 3분의 2는 신이지만 3분의 1은 인간이라는 데 있지. 인간적인 약점을 가지고 있었던 거야. 그럼에도 불구하고 그의 힘은 놀라울 만큼 컸어. 닥치는 대로 사람을 부리고 해쳤기 때문에 신은 그에 대항할 수 있는 존재인 엔키두를 만들지. 당연히 길가메시와 엔키두는 맞서게 되었어.

그러나 영웅은 영웅을 알아보는 법이고 둘은 친구가 되었지. 문제를 해결하기 위해 보낸 존재가 한편이 되어 버리니까 일은 더욱 커졌겠지. 그러나 엔키두는 그의 운명에 따라 죽음을 맞이하게 돼. 길가메시는 너무도 놀랐어. 세상 어느 것도 두려울 것이 없는 친구가 허망하

아무리 많이 가져도 이 몸뚱이 하나
죽어 없어지면 흙일 뿐.

게 죽고 마니까 말이야. 그제야 길가메시는 삶의 본질적인 문제에 대해 생각하게 돼.

> 길가메시는 그의 친구 엔키두를 잃고 비탄에 빠져 울었다. 사냥꾼이 되어 광야를 헤매며 들을 방황하였다. 그는 비통하게 외쳤다.
>
> "내 어찌 편히 쉴 수 있겠는가! 어찌 편안히 지낼 수 있겠는가! 내 마음은 절망으로 가득 찼다. 내 형제는 지금 어디에 있는가? 내가 죽는 날, 나도 또한 그럴 수밖에 없지 않겠는가? 죽음이 두렵다. 있는 힘을 다해 '머나먼 곳'이라 불리는 우투나피시팀을 찾아가리라. 그는 신들의 모임에 들어갈 수 있었으니까."
>
> 길가메시는 들을 지나고 광야를 방황하며 우투나피시팀을 찾아 먼 여행을 떠났다. 우투나피시팀은 홍수에서 살아남은 유일한 생존자로서 신들은 오직 그에게만 영원한 생명을 주어 태양의 정원인 딜문 땅에 살도록 했던 것이다.(77~78쪽)

지금껏 거침없이 내달리며 기고만장하던 길가메시는 드디어 겸손함을 배우고, 자신이 모르는 생명의 비밀을 알고 있는 존재를 찾아 여행을 하게 된 것이지. 그에게 필요한 것은 영원한 생명을 찾는 일이었어. 아무리 잘난 체하고 살아도 엔키두처럼 죽어 없어진다면 아무 소용이 없다고 생각했으니까. 그러나 고생고생 끝에 우투나피시팀을 만났을 때 그에게서 들은 대답은 뜻밖이었어.

우투나피시팀이 대답했다.

"영구불변하는 것은 없다. 영원히 남아 있을 집을 지을 수 있을까? 약속을 언제까지고 영원히 지킬 수 있을까? 형제들이 유산을 나누어 가진 후 영원히 자기 것에 만족할 수 있겠는가? 강이 홍수를 견뎌 낼 수 있겠는가? 껍질을 벗고 눈부신 태양을 볼 수 있는 것은 잠자리의 요정뿐이다. 먼 옛날부터 영구불변하는 것은 아무것도 없었다. 잠든 자와 죽은 자, 그것은 얼마나 비슷한가! 그것들은 색칠한 죽음과 같다. 주인과 종이 운명이 다했을 때 둘 사이의 차이가 무엇인가? 재판관 아눈나키가 와서 운명의 어머니 맘메툰과 함께 인간의 운명을 결정하였다. 그들은 인간에게 삶과 죽음을 주었으나 죽음의 날짜는 밝히지 않았다."(89~90쪽)

영원히 변치 않는 존재로
남을 순 없을까?

답을 알고 있을 거라 생각해서 찾아간 사람의 대답이 그렇다면 미칠 노릇이 아니겠니? 그러나 모든 인간은 죽는다는 사실, 그것만이 진리였어.

우투나피시팀은 길가메시를 데리고 다니면서 여러 가지 방법으로 참된 진리를 깨쳐 주었지. 마침내 그 진리를 깨닫는 순간, 더 이상 남을 억압하며 살 필요도 없고, 더 이상 영원히 살기 위해 애쓸 필요도 없게 되겠지. 이미 충분한 능력을 받았으니 그 능력대로 살되 악용하지 말고, 자신에게 봉사하는 사람들에게는 관대하게 대해야 한다는 당연한 깨침을 얻고는 길가메시 역시 삶을 마감했어.

길가메시 또한 죽음을 피해 갈 수 없었지만, 백성들의 애도와 함께 영원히 후세사람들의 추앙을 받게 되었지. 힘자랑이나 하고 마쳤다면 결코 이를 수 없는 지위에 올라 영원히 존재하게 된 거지. 신기하게도, 영원불멸하는 것은 없다는 깨달음이 그를 영원불멸의 존재로 만들었어.

퉁소 소리 처량도 하여라

우리의 영웅 양소유에게도 길가메시가 느꼈던 그 비통한 순간이

인간 역사에 영생불멸은
들어 보지도 못했네용~
그런 게
어딨어?

찾아왔어. 그렇게 살아서는 더 이상 보람이 없다고 생각한 거야. 딱 거기까지만이 좋았을 뿐이라 판단했고, 그래서 물러나려 했던 것이겠지. 그러나 황제는 허락하지 않고 조금 더 일해 달라고 했어. 양소유가 물러설 뜻을 굽히지 않자, 황제도 끝내 허락했어. 그러나 이미 태후도 돌아가신 마당에 여동생까지 멀리 보낼 수는 없으니 장안성 남쪽으로 40리쯤 되는 곳에 있는 행궁(임금이 궁궐 밖에 머물 때 임시 거처로 삼는 궁)인 취미궁으로 가서 살라고 했어. 아울러 '태사(太師: '큰 스승'이라는 뜻으로 황제의 고문 역할을 하는 명예직)'의 벼슬을 내리고 상으로 5천 가구를 그에게 내려 거기에서 나오는 세금을 마음대로 쓸 수 있게 해 주었어.

취미궁은 종남산에 있는 궁이야. 기억나니? 정경패의 친척 오빠인 정십삼이 양소유를 놀리기 위해 데려간 산이 바로 종남산이었잖아. 그 산은 예로부터 신선이 나타나는 신비로운 산이었지. 황제가 그런 궁을 하사한 까닭은 이제 편안히 쉬면서 신선처럼 지내라는 뜻일 거야. 양소유는 곧 장안을 떠나 취미궁으로 이사를 했어. 그때부터 본격적인 신선놀음이 시작되었지.

꼭 해야 할 일이 있는 것도 아니고 먹고살 걱정이 있는 것도 아니며 큰 병이 든 것도 아니니 무슨 걱정이 있겠어. 날이면 날마다 자연

과 함께하면서 좋은 경치를 구경하고, 철마다 피는 꽃을 즐기며 그렇게 지냈지. 옆에는 늘 미인들이 늘어서 있었고, 시간 나면 글을 짓고, 때때로 거문고를 타며 노는 삶이었어. 이 삶은 변방으로 군대를 이끌며 지내느라 집안을 돌볼 틈도 없던 때와는 또 정반대였어. 그때는 목숨을 걸고 적과 싸우면서 병영에서 잠을 잤고, 진작에 혼인하기로 한 여자와의 혼사도 불투명했잖아. 이제는 무엇 하나 부러울 게 없는 완벽한 삶이었지. 그렇게 그저 한가하고 평화롭게 또 여러 해가 흘렀어.

8월 16일, 양소유의 생일이었다. 모든 자녀들이 잔치를 열어 장수를 빌며 술잔을 올렸는데 십여 일이 계속되어 그 호화스러움이 말로 다 옮길 수가 없었고 잔치가 끝나자 모든 자녀들이 각기 제 집으로 돌아갔다. 그 사이 어느새 9월에 이르니 국화는 꽃봉오리가 터지고 산수유는 열매를 드리워 가을의 한복판이었다.

취미궁의 서편에 높은 봉우리가 있고 그 위에 오르면 8백 리의 진천 강물이 손바닥처럼 보이는데 양소유는 그 위에 있는 대(臺: 사방을 볼 수 있게 높이 쌓아 만든 곳)를 가장 좋아하였다. 이날 두 부인과 여섯 낭자와 함께 거기에 올라 머리에 국화 한 가지씩 꽂고 가을

경치를 구경하며 서로 술잔을 주고받으며 마셨다. 이윽고 날이 저물어 해 그림자는 높은 봉우리에 떨어지고 돌아가는 구름 그늘은 넓은 들에 드리워지자 가을빛이 빛나는 것이 마치 그림을 펼쳐 놓은 듯했다. 양소유가 옥퉁소를 꺼내 한 곡조를 부니 그 소리가 심히 슬퍼 원망하는 듯 사모하는 듯도 하고, 우는 듯 호소하는 듯도 했다. 모든 미인들이 슬픈 생각이 마음에 가득하여 좋아하지 아니하였다. 두 부인이 그 까닭을 물었다.

"상공께서 공명을 일찍 이루고 부귀를 오래도록 누리시니 모든 세상 사람들이 아름답게 여기는 바일 뿐만 아니라 이는 전에 없던 드문 일입니다. 또, 좋은 계절 좋은 날에 경치까지 딱 좋고 국화를 술잔에 띄우고 미인이 자리에 가득하여 이 또한 인생의 즐거운 일입니다. 그런데 이처럼 퉁소 소리가 처량하여 사람들의 눈물을 금할 수 없게 하니 오늘 퉁소 소리가 옛날 곡조가 아닌 것은 무슨 까닭입니까?"

생일잔치를 열흘씩이나 한다면 그 규모를 짐작할 만하지? 게다가 계절 좋은 9월이 왔고, 한술 더 떠서 취미궁 내에서도 가장 경치가 좋은 곳에, 여덟 미인을 거느리고 있다면, 모든 것이 갖추어진 이보다

좋을 수 없는 장면이지. 그런데 양소유가 부른 곡조가 기쁜 게 아니라 구슬펐단 말이야. 가난한 시골 총각이었을 때도, 지금처럼 높은 지위에 있지 않을 때도, 그리고 한가하기는커녕 바빠서 몸도 추스르기 어려웠을 때도 안 그랬는데 대체 왜 그랬을까?

이것을 잘 이해하려면 소설의 원문을 꼼꼼하게 따라갈 필요가 있어. 일단 양소유가 나이를 먹어서 은퇴했잖아. 아무리 건강이 좋아도 나이가 많다는 것은 몸이 예전만 못하다는 말이야. 또 음력 9월이라면 더운 기운이 완전히 가시고 완연한 가을로 접어든 시기야. 역시 가라앉는 분위기가 느껴지지. 거기에다 마침 해가 저물고 있어. 하루가 끝나가는 시점이라는 말이지. 양소유의 일생으로 보아도 끝나갈 무렵이고, 1년을 순환하는 계절로 보아도 한창때를 지나 마무리가 되어 가는 때이며, 하루로 보아도 해가 떨어져서 밤으로 가는 시간이야. 그렇게 세 가지 측면에서 다 절정을 지나 내리막길을 가고 있으니 우울한 생각이 들었던 거야.

높이 오르면 헛헛함도 큰 법

우투나피시팀이 길가메시에게 해 준 말을 생각해 봐. 죽을 때가 되면 주인이었던 사람과 종이었던 사람이 무슨 큰 차이가 있겠느냐고 했잖아. 모든 것이 절정을 지나면 쇠퇴하는 법이고 그걸 느끼게 되면 울적해지기 쉬워. 신기한 것은 정말 대단한 한 시절을 보낸 사람일수록 오히려 그런 기분이 더 심하다는 거지.

양소유는 하고 싶은 대로, 되고 싶은 대로, 갖고 싶은 대로 모든 것을 다 이룬 사람이야. 또 본인이 원해서 조용한 삶을 택한 것이기도 하고. 그러나 막상 그렇게 되고 보면, 예전에 애써서 무언가를 이루어 내고 한때 세상을 호령했던 일들이 대체 무슨 의미가 있는지 회의하게 되기도 하지.

이런 고민은, 어떠한 성취도 하지 못하고 죽게 되면 어쩌나 하는 고민과 정반대 편에 있는 거야. 그래서 둘은 아주 다른 것이지만, 또 아주 같은 것이기도 해. 인간은 어차피 시간과 공간에 매여 있는 존재거든. 한번 지나간 시간은 돌이킬 수 없고, 한쪽 공간에 있으면서 동시에 다른 공간에 있을 수는 없으니까. 지금 양소유는 성진이 했던 고민을 거꾸로 되돌리는 중이야. 과연 어떻게 풀어 나가야 할까?

홍이도, 양소유가 이룬 것처럼 모든 것을 이룬다면, 이와 비슷한 고민을 꼭 하게 될 거야. 원하는 대로 공군 사관 학교에 가서 멋진 사관생도가 되고, 정말 마음에 드는 여자 친구를 사귀어서 신나게 연애를

하고, 장교로 임관하여 전투기를 몰고, 결혼하여 아이 낳고 잘 살고, 주어진 군대 일을 모두 마치고 은퇴를 하게 되었을 때, 그때 문득 어렸을 때 꿈꾸었던 세상이 다시 생각나지 않을까?

그러나 그때 드는 생각은 어린 시절과는 아주 다른, 엄청나게 발전된 생각일 거야. 왜냐하면 홍이는 이미 너무도 많은 일을 겪었고, 또 멋지게 성장하고 아름답게 성숙했을 테니까.

자, 이제 양소유의 마지막 선택을 지켜볼까?

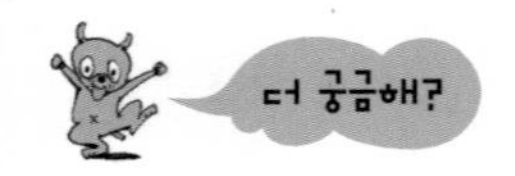

영웅의 고뇌와 방향 전환

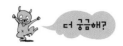

세상에는 영웅 이야기도 많고 또 실제 영웅인 사람도 많습니다. 그런데 영웅은 어려움을 견뎌 내고 큰 업적을 이루어, 거기서 얻은 결실을 많은 이들에게 되돌려 주는 사람입니다. 그저 제가 거둔 업적이 얼마나 대단한지 떠벌리기만 할 뿐이라면 가짜 영웅에 불과합니다.

바로 여기에서 영웅의 방향 전환이 문제됩니다. 그저 처음에 목표한 일만 해내면 모든 일이 잘될 거라는 생각은 그 일을 이루기 전에 막연하게 갖게 되는 망상인 경우가 많습니다. 가령, 『돈키호테』를 보세요. 자신이 대단한 영웅인 줄 알고 종횡무진 했던 돈키호테는 나중에 정신이 들어서 후회합니다. "그 역겨운 기사도에 관한 책들을 끊임없이 죽도록 읽어 대다가 정신에 안개가 끼었던 거지."라고 말이지요. 그리고 마지막 유언을 남기면서 "나는 미치광이였습니다. 그리고 이제 제정신입니다."라고 고백합니다. 그러나 이런 내용을 보면서, 그러니까 돈키호테의 삶은 모두 거짓이었다고 생각해서는 곤란합니다.

돈키호테는 자신이 광기에 들떠서 잘못 살았다는 것을 깨치는 순간, 삶의 새로운 국면을 맞습니다. "이 순간 나는 내 일생이 미친 사람이라는 오명을 남기고 죽을 만큼 나쁜 것이 아니었음을 사람들에게 알리고 가고 싶구나."라는 말 또한 진실을 담고 있기 때문입니다. 양소유가 세상의 부귀영화를 누리고 무상함을 느끼는 지점 역시 여기에서 멀지 않아 보입니다. 시골 출신으로 어렵게 자라서 온갖 여자들과 사랑을 나누고 외적을 물리쳐 세상을 평정했지만 그것만으로 채울 수 없는 무언가가 있다는 것을 직감한 것일 뿐, 그가 지금껏 해 온 일을 다 무의미한 것으로 치부할 수는 없기 때문입니다.

이렇게 보면 영웅의 뒷모습은 두 갈래로 나뉠 것 같습니다. 내가 크게 성공했으니 최고라고 떠벌리는 모습과, 그것만으로는 부족한데 대체 왜 그럴까 고민하는 모습 말입니다. 전자보다는 후자가 훨씬 더 원숙한 인물임은 두말할 나위가 없을 겁니다. 게다가 그 고민이 실패한 후 후회하는 형식이 아니라, 성공한 후 반성하는 형식으로 일어난다면 더더욱 좋겠고요. 그 길이 바로 가짜 영웅에서 진짜 영웅으로, 작은 영웅에서 큰 영웅으로 나아가는 레벨업의 길입니다.

레벨 10. 큰 깨달음을 향해

불생불멸의 도를 얻고자

홍아, 드디어 마지막 레벨에 왔구나.

소설을 읽다 보면 신기한 일이 있어. 끝부분이 별로 기억이 안 난다는 거지. 소설이라는 장르가 이야기가 어떻게 맺어지느냐 하는 결과를 중요시하기보다는, 어떻게 전개되어 가느냐 하는 과정을 중시하기 때문이지. 매우 심각하게 진행된 소설도 뒤에 가면 흐지부지 끝나 버리는 일이 잦은데, 『구운몽』은 그렇지 않아.

지금부터 살필 마지막 부분이 이 소설의 하이라이트라고도 볼 수 있어. 만약 이 대목이 빠진다면 『구운몽』은 평범한 고소설과 다름없게 될 거야. 그랬더라면, 어떤 수도승이 수도하는 데 싫증을 내서 인간 세상에 다시 태어나서는 온갖 호사를 누리며 잘살았다는 이야기에 그쳤을 테니 말이지.

자, 우리의 주인공 양소유는 모든 것이 다 이루어진 가운데 옥퉁소를 꺼내 쓸쓸한 곡조를 불었지. 그래서 두 부인이 왜 그런가 물어보았잖아. 양소유의 대답을 들어 보면 이유를 알 수 있겠지.

> 그러자 양소유가 퉁소를 던지고 옮겨 앉으며 말했다.
>
> "북쪽을 바라보시오. 평평한 들은 사면으로 넓게 펼쳐져 있고 기울어진 고개는 외로이 서 있소. 저 석양의 흐릿한 그림자가 거친 풀 사이로 희미한 것은 곧 진시황의 아방궁이오. 서쪽으로 바라보시오. 슬픈 바람은 숲을 흔들고 저문 구름이 산에 쌓인 것은 곧 한나라 무제의 무릉도원이오. 또 동쪽을 보시오. 분을 칠한 담은 푸른 산에 비추고 붉은 용마루는 하늘로 솟으며 또 밝은 달이 절로 오고 절로 가는데 옥으로 된 난간머리에 다시 의지할 사람이 없는 것은 곧 현종 황제가 양귀비와 노시던 화청궁이오. 그러니 슬프오! 이 세 임금이 다 만고의 영웅이신데, 이제는 어디 있소?

내가 죽고 나면
누가 날 기억해 줄까.
나! 내가!!

내가 옛 초나라 땅의 작은 선비로 성스러운 황제의 은덕을 입고 벼슬이 장수와 재상에 이르렀소. 또 부인과 낭자 여럿과 함께 만나 정이 깊어 늙도록 친하게 지내니 마치 전생에서부터의 인연이 아니었더라면 여기에 이르지 못하였을 듯하오. 그러나 우리들이 이렇게 살다가 한 번 돌아간 후에는 높은 대는 저절로 넘어지고 깊은 연못은 저절로 메워져서 오늘 노래하고 춤추던 집이 변하여 쇠잔한 풀과 찬 안개를 이루면 필연코 나무하는 아이와 소 먹이는 더벅머리 총각이 슬픈 노래로 서로 말하겠지요. '여기가 양 태사가 모든 낭자들과 함께 놀던 곳인데, 대승상의 부귀와 풍류, 낭자들의 옥 같은 얼굴과 꽃 같은 자태가 이미 쓸쓸히 사라졌구나.' 라면서 말이오. 이 풀 베는 아이와 소치는 총각이 우리 놀던 곳을 보는 것이, 꼭 내가 저 세 임금의 궁과 능을 보는 것과 같을 것이지요. 이로 본다면 사람이 살아 있는 것이 순식간이 아니겠소?"

양소유가 자리 잡은 곳이 장안 근처의 산속이었잖아. 앞에서는 가을 저녁의 스산한 기운에 따라 쓸쓸한 기분을 이야기하더니, 여기에서는 인간의 일을 말하고 있어.

장안이 예로부터 큰 도시이고 또 수도였으니까, 높은 곳에 올라

보면 역대 황제들의 행적이 잘 보일 거란 말이야. 진시황이나, 무제, 현종 등은 모두 역사 속의 걸출한 황제들이었어. 그들이 황제로 있을 때 나라가 강성했을 뿐만 아니라 황제의 힘도 엄청났지. 온갖 호사를 누리면서 궁궐도 화려하게 꾸몄을 거고. 그러나 세월이 지나고 보면 퇴락하여 풀 베러 나온 아이들의 놀이터가 되고 만다는 거야.

그래서 곧 다음과 같은 결론에 도달해.

"천하에 세 가지 도가 있소. 유도(儒道)와 불교(佛敎)와 선술(仙術)이 바로 그것이오. 이 셋 중에 오직 불교가 높을 뿐이고, 유교는 윤리와 기강을 밝히며 세상일을 하는 것을 귀하게 여겨 이름을 후세에 전할 따름이라오. 또, 도교의 선술은 허황된 데 가까워서 예로부터 그것을 구하고자 하는 사람들은 많았지만 마침내 이루어진 증거와 효험이 없으니 그것을 믿었던 진시황과 한나라 무제, 당나라 현종 황제의 일을 보면 알 수 있소.

내가 벼슬을 물린 이후로 밤마다 부처님 앞에 절하고 예를 올리곤 했는데 이는 반드시 불가에 인연이 있는 까닭이오. 나는 장차 장자방이 적송자를 좇은 소원을 이루고, 남해에 가서 관음보살을 찾으며 오대산에 가서 문수보살을 만나 태어나지도 죽지도 않는 불생불멸(不生不滅)의 도를 얻어 인간의 괴로움을 벗고자 하오. 그러나 다만 그대들과 더불어 반평생을 함께 지내다가 장차 멀리 이별하겠는 까닭에 슬픈 마음이 저절로 퉁소 속에 드러났을 뿐이오."

사람들이 그런 허망함을 벗어나려고 여러 가지 도를 깨치려 하는데, 동양에서는 유교, 불교, 도교의 셋을 꼽지. 흔히 유(儒)·불(佛)·선(仙) 3교라고 해. 도교는 특히 신선이 되는 것을 목표로 했기 때문에 '선(仙)'이라고 했고, 신선이 되기 위한 수련 방법이 선술(仙術)이야. 가르침을 강조하면 '-도(道)'가 되고, 종교적인 의미를 강조하면 '-교(教)가 되니까, 유교라고 하든 유도라고 하든 실제 내용상 큰 차이는 없어. 양소유는 장자방이 그랬듯이 그런 신선이 되는 소원을 이룬 후 최종적으로는 불교로 가겠다고 했어.

유교를 지나, 도교를 넘어

문제는 3교의 차이야. 유교에서는 세상 만물이 기(氣)라는 것이 뭉쳐졌다 흩어지는 것으로 설명해. 우리가 주변에서 볼 수 있는 사물

사내대장부로 태어나 이룰 것은 다 이뤘잖아!

은 물론, 홍이나 나 같은 사람도 어떤 기운 같은 것이 뭉쳐져서 생긴 것이라고 보지. 죽게 되면 다시 흩어져서 원래의 모습으로 돌아간다고 믿는 거야. 그래서 우리나라 사람들은 어른들이 죽으면 "돌아가셨다."고 하잖아.

유교에서는 사람이 살다가 본래 왔던 곳으로 가면 그뿐인 거야. 그러니까 살아 있는 동안 무언가를 열심히 하여 사람들에게 유익한 일을 하는 데 온 힘을 쏟아. 물론 그렇게 되면 자신이 죽은 뒤에 후손들이 더 잘 살 수도 있고, 그만큼 세상이 좋아지면 이 세상을 살다가 간 보람이라고 여기게 되지. 양소유는 일단 그런 삶을 한바탕 살아 보았다고 보면 되겠지.

그런데 도교의 경우는 좀 달라. 홍이가 나중에 『노자』나 『장자』 같은 책을 보면 감이 잡히겠지만, 착한 일이나 올바른 일을 하는 데 그리 큰 힘을 쏟지 않아. 착한 일이 곧 악한 일이기도 하고 올바른 일이 곧 그른 일이 되는 것이 세상의 이치라고 생각해. 이런 논리로 보자면, 가장 똑똑하다는 사람이 가장 멍청한 짓을 하기도 하고, 가장 바보 같은 사람이 가장 큰 일을 하기도 한다는 거야.

혹시 "굽은 나무가 선산을 지킨다."는 말을 들어봤니? 조상 대대로 물려 오는 선산은 꼭 지켜야 하는데, 쓸 만한 나무들은 누군가 다

베어 가거나 팔아먹어 버려서 결국은 가장 못난 나무가 그 일을 해낸다는 건데, 도교의 생각이 대체로 그래. 그래서 도교를 공부하는 사람들은 세상일에 관심을 갖기보다는 자기 안에 있는 기운들을 많이 소모하지 않고 오래도록 지속되기를 바라지. 그래서 이런저런 도교의 술책들을 연마하게 되면 신선의 경지에 이르러 하늘로 올라간다고 믿었어. 영원히 살고 죽지 않는다는 영생 불사(永生不死)의 소망을 이루는 거지.

중국의 역사를 보면 그렇게 신선이 되어 하늘로 날아갔다는 사람들이 제법 있어. 양소유의 말 가운데 나오는 장자방이라는 사람도 그런 예이지. 장자방은 유방(劉邦)을 도와 중국을 통일하여 한나라를 세우게 한 일등 공신이었어. 그러나 어려운 싸움 끝에 나라를 세우고 안정이 되면, 언제나 그 공을 따져서 어떻게 대우할 것인가를 두고 늘 다툼이 있곤 해. 공을 인정받아 잘살기는 고사하고 자칫하면 억울한 누명을 쓰고 죽기 십상이었지. 그래서 장자방은 상으로 내려주겠다는 땅을 마다하고, 자신은 적송자라는 신선을 좇아 속세를 떠나겠다며 사라져 버렸어. 지금도 중국의 유명 관광지 가운데 '장가계(張家界)'라는 데가 있는데, 거기가 바로 장자방이 숨어 신선이 된 곳을 말해.

양소유가 장자방을 이야기한 것도 바로 그런 이유야. 자신도 해 볼 만큼 다 해 보았고 누릴 만큼 다 누렸으니 장자방이 그랬던 것처럼 세상일에서 손을 떼겠다는 거야. 어쨌거나, 그렇게 모든 것을 누리고 나면 또 오래도록 죽지 않고 살고 싶은 것이 사람의 욕망이어서, 앞서 나온 중국의 세 황제 역시 도교에 깊이 빠졌어. 진시황은 늙지 않는 풀인 불로초를 구하라고 사람들을 온 천하에 파견하기도 했고. 그러나, 양소유가 말한 대로, 그것을 이룬 사람은 아무도 없어. 대단한 황제들조차 보통 사람들처럼 다 죽어 없어졌으니까 말이지. 양소유가 도교 또한 유교만큼이나 깊게 믿을 게 못 된다고 말한 이유야.

그러면 남는 것은 딱 하나, 바로 불교지. 불교는 불생불멸의 영원을 구하는 종교야. 사람은 누구나 태어나면 늙고 병들고 죽기 마련이야. 그 네 단계를 생로병사(生老病死)라고 하는데, 인간이 아무리 애를 써도 그것을 벗어날 수는 없어. 그러나 그러한 한계를 알고 벗어나려 애쓴 분이 바로 부처이고, 그 부처를 따라 깨달음을 얻어 태어나지도 죽지도 않는 해탈의 세계를 얻는 데 불교의 목표가 있어.

불교에서는 성진이 양소유로 다시 태어난 것처럼 한 생명이 다하고 나면 거기서 끝나는 게 아니라 다른 생명으로 다시 태어난다고 믿었어. 그것이 바로 윤회인데, 해탈을 한다는 것은 생로병사의 고통은

물론 윤회의 고통에서부터 완전히 벗어난다는 뜻이지. 최고의 레벨업을 통해 아예 레벨이라는 개념 자체를 벗어나는 거야.

다시 만난 스승님

양소유가 꿈에 자꾸 부처 앞에 가서 예를 올린다고 하여, 아무래도 전생에 불교와 관련이 깊다고 생각하는 자체가 벌써 불교적이지? 지금 겪고 있는 모든 것이 단지 이번 생에서 비롯된 문제가 아니라, 수천 수만 아니 수수만년 그 몇 천 몇 만 배의 엄청난 시간을 통해 윤회하면서 내 앞에 쌓인 결과라고 보는 생각이니까.

또, 양소유가 관음보살과 문수보살을 만나고 싶다고 했는데, 보살은 깨달음을 얻은 부처와 아직 그러지 못한 중생 사이에 있는 존재라고 보면 돼. 여기에서의 중생은 인간뿐만 아니라 모든 동물까지를 포함하는데, 보살은 미처 깨닫지 못한 중생들이 깨달음을 얻을 수 있도록 도와주는 존재야. 그러니까 양소유는 보살들의 도움을 받아 불교에서 말하는 깨달음의 세계로 가고 싶어 하는 거지.

그렇다면 깨달음은 어떻게 얻을 수 있을까? 양소유의 발걸음을 따라가 보면 답이 나오지 않을까?

모든 낭자들이 절로 감동하여 말했다.

"상공께서 이렇게 한껏 부귀영화를 누린 가운데도 이 마음이 있으니 어찌 하늘이 정하신 바가 아니겠습니까. 저희 형제 여덟 명은 똑같은 마음으로 깊은 규방 가운데 있으면서 아침저녁으로 부처님께 머리를 조아려 예를 올리고 상공이 돌아오시기를 기다리겠습니다. 상공께서 이번에 가셔서는 반드시 밝은 스승을 만나고 어진 벗을 만나 큰 도를 이루실 것이니, 득도하신 후에는 꼭 먼저 저희들을 가르쳐 주시기를 엎드려 바랍니다."

양소유가 크게 기뻐하며 말했다

"우리 아홉 사람의 마음이 이미 같으니 무엇을 염려할 일이 있겠는가. 내가 꼭 내일 갈 것이니 오늘은 모든 낭자들과 함께 한껏 취하리라."

모든 낭자들이 말했다.

"저희들이 각각 이 한 잔씩을 받들어 상공을 전별(餞別: 술과 음식을 대접하며 작별함)하겠습니다."

어때? 양소유의 발걸음이 느껴지니? 양소유의 마음을 헤아린 부인들이 자신들 걱정 말고 먼저 깨우치길 바란다고 하잖아. 또 먼저

해탈을 통해 번민에서
완전히 벗어날 수 있겠구나~.

깨우치면 자기들을 가르쳐 주어서 함께 깨치기를 바라고 말이지. 양소유는 그렇게 하자고 하면서도 불교를 공부하기 위해 마음을 바로잡는 게 아니라, 오늘은 술이나 먹자고 하네? 그것도 아주 취하도록 실컷 말이야. 신기하지 않니? 그동안 한껏 호사를 누리고 살았다면 이제부터는 마음잡고 공부를 해도 시원치 않을 텐데 도리어 진탕 마시자고 하잖아.

이 대목은 성진이 동정호에 가서 용왕의 술을 얻어먹은 장면과 견주어 생각해 보면 좋겠어. 그때도 잘 공부하다가 술을 마셔서 정신이 혼미해지면서 전혀 새로운 생각에 빠져들었잖아. 그러니 이상할 것 없어. 대개 생각의 전환은 그렇게 엉뚱한 데에서 일어나는 법이야.

홍이도 지금은 정해진 공부를 하니까 잘 모르겠지만, 어떤 공부를 하든지 남에게 배우기만 해서는 잘되는 법이 없어. 공부가 아니라 취미 생활을 해도 그렇고, 악기나 구기 종목을 배울 때도 마찬가지야. 처음에는 선생님이 가르쳐 준 대로, 교본에 나온 대로 하기에도 벅차지. 성실하게 있는 그대로를 따라서 할 뿐인 거야. 그렇게 해야 빨리 기초가 쌓이지.

그러나 그런 단계를 지나게 되면 남들이 가르쳐 준 대로만 해서는 도저히 풀 수 없는 문제가 생기기 마련이야. 그럴 때 더욱 열심히 해서 저절로 터득이 되기도 하지만, 어떤 경우에는 전혀 엉뚱한 데에서 문제가 풀리기도 해. 도무지 얻을 수 없던 해법이 등산을 하고 산을 내려오다가 갑자기 생각이 난다든지, 욕실에서 샤워를 하다가 갑자기 자신의 연주에서 틀린 부분이 생각나는 거지.

양소유가 마지막으로 술이나 마신 후 또 다른 삶을 시작하려고 결심할 때, 정말 신기한 일이 일어났어.

낭자들이 잔을 내와 부으려 하였는데 갑자기 돌길에 지팡이 던지는 소리가 났다. 양소유가 괴이하게 여겨 생각하였다.

'어떤 사람이 이곳에 올라올까?'

이윽고 어떤 노승이 눈썹은 한 자나 되게 길고 눈은 물결처럼 밝고 동작이 매우 이상하며 대에 올라 양소유를 보고 예를 표하며 말했다.

"산중에 사는 사람이 대승상을 뵈옵니다."

양소유는 이미 세상에 흔한 스님이 아닌 것을 알고 황급히 일어나 답례하고 물었다.

"스님께서는 어디에서 오십니까?"

채봉 결심을 응원합니당.♡

섬월 많이 배워서 저도 가르쳐 주세요. 〉_〈 배움이 부족하여...

가춘운 몸 아껴 가며 수행하소서. ♡♡

노승이 웃으며 대답했다.

"상공은 평생 오랜 벗을 알지 못하겠소? 일찍이 '귀인은 잊기를 잘한다.' 하더니 과연 그렇소이다."

양소유가 자세히 보니 과연 낯익은 듯하나 아직 분명하지 아니하더니 문득 깨닫고 백능파를 돌아보며 노승을 향해 말했다.

"제가 일찍이 토번을 정벌할 때 동정호 용왕의 잔치에 참여하고 돌아오는 길에 남악 형산에 올라 늙은 대사께서 설법하는 자리에 앉아 모든 제자들과 함께 불경을 강의하는 것을 보았습니다. 스님이 바로 그 꿈속에서 보았던 대사가 아니시옵니까?"

노승이 손뼉을 치고 크게 웃으며 말했다.

"옳다, 옳다! 비록 옳기는 하지만 꿈속에서 잠깐 만나 본 일은 기억하고 십 년 동안 함께 지냈던 것은 기억하지 못하니 누가 양승상더러 총명하다고 했소이까?"

이 광경을 잘 보라고. 양소유 앞에 난데없이 어떤 노승이 나타난 거야. 그런데 거기가 어디야, 취미궁 안의 높은 대였잖아. 당연히 바깥사람이 들어올 수 없는 곳이야. 그런데 그냥 쉽게 들어오고 있지. 젊은 사람 같으면 담을 넘고 절벽을 기어서라도 오는 방법이 있을 테지

만 노승이라고 했으니 더욱 기이하지. 눈썹이 한 자가 넘는다는 것도 참 신비로운 일이야. 신령스러운 분이라는 표시이지.

더욱 신기한 것은 그 스님이 초면이 아니라는 거야. 기억나지? 양소유가 토번을 치러 갔다가 잠깐 잠이 들었을 때 말이야. 내가 꿈속의 꿈이라고 강조해서 설명했던 일이 있잖아. 지금 다시 그 꿈속의 꿈에서 본 스님이 나타났어. 그래서 양소유가 그걸 알아차린 것인데, 스님은 별로 흡족해하지 않지. 시험으로 친다면 반만 맞았다는 거야. 어찌 잠깐 스치면서 본 것만 알고 십 년 넘게 함께 산 것은 모르냐며 다그치고 있지? 어찌된 일일까? 양소유는 어리둥절했어.

양소유가 어안이 벙벙하여 말했다.

"제가 십오륙 세 이전에는 부모님 슬하를 떠나지 않았고, 16세에 과거에 급제하여 연달아 관직을 받아 동쪽으로는 연나라에 사신으로 갔습니다. 서쪽으로는 토번을 정벌한 때 이외에는 일찍 서울을 떠나지 아니하였으니 언제 스님과 함께 십 년을 지냈겠습니까?"

노승이 말했다.

"이를 아는 것은 어렵지 않도다."

그러면서 손 가운데 지팡이를 들어 돌난간을 두어 번 두드리니 갑자기 사방의 산 계곡에서부터 구름이 일어나 대 위에 끼어 지척을 분간하지 못하게 되었다.

홍아, 이제 분명히 알겠지? 이 노승이 누구겠어? 그래, 성진의 스승인 육관 대사였던 거야. 아무리 아득한 일이더라도 이 정도쯤 되면 알아차려야 하는 게 아니겠어. 그런데 양소유는 알아차리면서도 기분이 썩 좋지 않았던 것 같아. 스승이 나타났으면 처음부터 그렇게 일러 주면 될 것을 사람을 놀리는 것 같은 기분이 들었던 거지.

어느 것이 참이고 어느 것이 꿈인가

양소유는 왠지 야속했고, 그래서 몇 마디 볼멘소리를 했어.

양소유가 정신이 아득하여 마치 취한 듯 꿈꾸는 듯 몽롱하더니 그렇게 오래 있다가 소리를 질러 말했다.

"스님께서는 어찌하여 바른 방법으로 저를 인도하지 아니하시고 이런 요상한 술법으로 희롱하십니까?"

양소유가 그 말을 채 다 마치지 못하여서 구름이 거두어졌다. 또 이내 노승이 간 곳 없고 좌우를 돌아보니 여덟 낭자 또한 간 곳이 없었다. 놀라 당황한 가운데 높은 대와 많은 집이 일시에 없어지고 제 몸이 작은 암자 속에 부들방석 위에 앉아 있으며 향로의 불이 이미 사라지고 지는 달이 창에 이미 비치는 중이었다. 양소유가 스스로 제 몸을 보니 108개의 염주가 목에 걸려 있고 머리를 만져 보니 머리털이 까칠까칠하였으니 영락없는 작은 중이요, 대승상의 위엄 있는 모습이 아니었다. 정신이 황홀하여 오랜 뒤에 비로소 제 몸이 연화봉의 절에 있는 성진인 줄 알고 생각했다.

'처음에 스승님께 꾸짖음을 받아 풍도 지옥으로 가고 인간 세상에 환생하여 일반 가정집의 아들이 되어 장원 급제하고, 한림학사를 하고, 나아가 장수가 되고 돌아와서는 재상이 되어 공을 다 이룬 후 은퇴하고 두 공주와 여섯 낭자와 함께 즐기던 것이 다 하룻밤 꿈이었다. 필시 스승님께서 내 생각이 그릇된 것을 알고 나에게 이 꿈을 꾸어 인간의 부귀와 남녀의 정욕이 다 허사인 줄 알게 하려 하신 것이구나.'

그러고는 급히 세수하고 옷을 가지런히 입고 법당에 나아가니 다른 제자들이 이미 다 모여 있었다.

그렇게 양소유는 꿈에서 깨어났어. 책 제목에 꿈이라는 뜻의 '몽(夢)'이 들어간 이유를 알겠지? 양소유와 여덟 선녀를 합치면 아홉이 되고, 그 아홉 사람이 구름같이 허망한 꿈을 꾸다 깨었다는 뜻일 거야. 9라는 숫자는 참 신기해. 9에 9를 곱하면 81이 되는데 8과 1을 더하면 다시 9가 되거든. 이렇게 곱하고 더해서 다시 본래의 수로 돌아온다는 게 어쩐지 『구운몽』의 스토리와 잘 연결되는 것 같지?

육관 대사는 제자를 일깨우기 위해서 그런 오랜 과정을 거치도록 했고, 제자가 그 뜻을 알았으니 이제 다시 마음잡고 공부하는 일만 남은 것 같아.

그렇지만, 이렇게 쉽게 끝난다면 『구운몽』이 아니야. 제목에 있는 구름을 잘 생각해 봐. 구름이 그렇게 금세 사라지고 마는 허망한 것이라면, 어떻게 구름에서 비가 내리겠어? 아래에서 보면 솜뭉치처럼 보이지만 높은 산에 올라가 보면 안개처럼 뿌옇기만 한 것이 구름이거든. 비행기를 타면 그냥 구름을 뚫고 지날 수도 있고 말이지. 그래서, 불교에서는 깨침을 일러 주기 위해 구름을 자주 쓰곤 해. 있는 것도 없는 것도 아닌, 불교에서 말하는 '공(空)'의 세계 말이야.

성진이 무언가 중요한 것을 깨친 것 같지만, 아직 덜 깨친 거야. 자신이 양소유로 살았던 삶을 꿈속에서의 헛된 것이라고만 밀어붙이니까 말이야. 이렇게 잘 모를 때, 스승이 필요한 법이지. 드디어 육관 대사가 제대로 나설 차례야.

"성진아, 성진아! 인간 세상 재미가 과연 좋더냐?"

성진이 눈을 번쩍 떠서 쳐다보니 육관 대사가 또렷이 서 있었다. 성진이 머리를 바닥에 조아려 눈물을 흘리며 말했다.

"제자의 행실이 깨끗지 못하니 스스로 지은 죄를 누구를 원망하고 누구를 탓하겠습니까. 마땅히 온전하지 못한 세상에 살면서 길이길이 윤회하는 재앙을 받을 것이었는데, 스승님께서 하룻밤 꿈을 꾸게 한 후 깨우셔서 제 마음을 깨닫게 하시니 스승님의 은혜는 영원토록 갚지 못할 것이옵니다."

"네가 흥이 일어나서 그것을 타고 갔다가 흥이 다하여 돌아왔으니 내가 관여한 일이 있겠느냐. 또 네가 말하기를 '꿈과 세상을 나누어 둘이라.' 하니 이는 네가 아직 꿈을 깨지 못한 것이로구나. 장자가 꿈에 나비가 되었다가 나비가 장자가 되었는데, 어느 것이 거짓 것이고 어느 것이 참 것인 줄 분간하지 못하였는데 어제의 성진과 양소유는 어느 것이 참이고 어느 것이 꿈이냐?"

이제 『구운몽』에서 가장 중요한 대목에 이르렀어. 제자인 성진은 여전히 성진이 진짜이고 양소유는 헛것이라고 생각하는 중이야. 그래서 육관 대사는 장자의 이야기까지 꺼냈어. 장자가 꿈속에서 나비가 되었는데, 깨어 보니 자신이 나비 꿈을 꾼 것인지 나비가 자기 꿈을 꾼 것인지 헷갈리더라는 이야기야. 한마디로 나와 나비를 구분할 수 없는 경지이지. 지금 육관 대사는 그 이야기를 하면서, 꿈과 현실을 계속 가르려고만 하는 제자를 깨우치고 있어.

불교에서는 성진이 하는 것처럼, 이것과 저것을 분별하는 것을 '분별지(分別智)'라고 해서, 그걸 넘어서도록 하고 있어. 만약 땅 위의 중간쯤을 잡아 이쪽은 진짜고 저쪽은 가짜라며 그 중간에 금을 그어 놓는다면 진짜와 가짜는 매우 분명할 거야.

이쪽과 저쪽을 제대로 말한다면 참을 말하는 거고, 바꾸어 말한다면 거짓을 말하는 거고 말이지. 그런데 가운데 금을 지워 버리면 어떻게 될까? 또 본래 있지도 않은 금을 그어 놓고 서로 다투는 것이라면 어떨까?

육관 대사는 "어느 것이 참이고 어느 것이 거짓이냐?"고 물음으로써 그들을 구분 짓는 어리석음을 지적하고 있어. 그렇게 구분 짓는 것이 작은 깨달음이라면, 그 둘이 아주 다른 것이 아님을 알고 그런

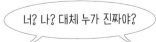

구분을 넘어서는 것이 큰 깨달음이야.

성진은 그렇게 깨달아 가면서 스승께 가르침을 청했지. 육관 대사는 『금강경』이라는 불교 경전으로 가르침을 주었어. 물론, 팔선녀들도 다시 돌아와서 육관 대사의 새로운 제자가 되었고, 성진은 연화사의 큰스님이 되어 신선과 용, 사람과 귀신까지 구분 없이 불법을 베풀었고, 마침내 아홉 사람 모두 극락세계로 갔어.

이야기는 여기서 끝나는데, 우리의 삶은 여기서 새롭게 시작해야 할 것 같구나. 우리는 살면서 자꾸, 이쪽은 진짜이고 저쪽은 가짜라는 식의 생각을 많이 하게 돼. 나는 진짜인데 너는 가짜라는 식의 구분도 마찬가지야.

홍이가 몇 년간 공부를 열심히 해서 공군 사관 학교를 간다고 하자. 그 공부하는 과정이 몹시 힘들 것 아니겠어. 그런데 그런 고통스러운 과정은 진짜 삶이 아니고, 오직 사관 학교에 합격하여 공군 조종사가 될 때부터만 진짜라고 생각한다면 어떻겠어? 공부하는 일이 지옥이겠지. 막상 사관생도가 되고 나면, 장교로 임관할 때까지가 또 지옥일 수 있고. 그렇게 되면 끝도 없이 힘이 들 거야.

홍아, 양소유의 삶도 멋지고, 성진의 깨침도 멋지지 않니? 공부가

대체
어느것이 참이고
어느 것이 꿈이냐?

힘들어 성진이 실수한 것도 재미있는 일이고, 양소유가 모든 것을 이룬 후 물러서서 세상을 바라보는 것도 부러운 일이야. 홍이가 성진도 되고 양소유도 되길 바라. 성진이 양소유라는 것도 알고, 그 둘을 넘어서는 곳에 새로운 세계가 열린다는 것도 알면서!

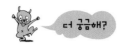

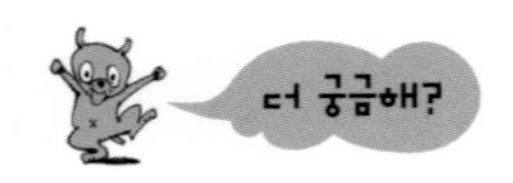

『구운몽』은 어떻게 탄생했나?

『구운몽』이 어떤 작품인가를 다 설명했으니, 이제 작가 김만중에 대해 알아볼까요?

김만중(1637~1692)의 아버지 김익겸은 병자호란 때 강화도에서 나라를 지키다가 스스로 목숨을 끊은 애국지사였습니다. 김만중은 그렇게 아버지를 여읜 후 피난하던 배 위에서 태어났습니다. 그러나 어머니 윤씨는 김만중 형제를 애지중지 길렀을 뿐만 아니라 남다른 교육열을 보여 특별히 훌륭한 인물들로 키워 냈습니다. 그러나 김만중이 벼슬을 하기 시작할 무렵은 당쟁이 격화될 때여서 편안히 벼슬을 하기가 쉽지 않았습니다. 몇 차례 벼슬을 하다가 귀양살이하기를 반복했고 실제로 귀양지에서 생을 마감했습니다.

어떤 기록에는 『구운몽』은 유배지에서 어머니를 위해 하룻밤에 쓴 작품이라고도 합니다. 하룻밤에 썼다는 거야 아무래도 과장되었겠지만, 평소 어머니에 대한 효심을 생각할 때 어머니를 위한 작품이라는 점은 믿을 만합니다. 실제 작품에서도 어머니를 편안히 모시지 못하는 현실을 안타까워하고 잘 모시려 애쓰는 대목이 자주 나오지요.

또, 김만중의 삶에서 특별히 주목할 내용은 그의 유별난 한글 사랑입니다. 김만중은 한문을 더 자유롭게 구사하는 조선의 선비임이 분명하지만, 정철의 가사 문학 같은 작품을 특히 중시한 인물입니다. 우리말로 쓰는 시가의 우수성을 인정한 점은 당대의 다른 문인들과 구분되는 또렷한 점이지요. 실제로 한글 소설 『사씨남정기』를 직접 쓰기도 했으니 말뿐이 아닌 실천도 병행한 셈입니다. 『구운몽』은 한문본도 있고 국문본도 있는데 이 책은 국문본 가운데 깨침 대목이 잘 드러난 이가원 소장 본을 대본으로 삼았습니다.

아울러, 김만중은 청나라에 사신으로 다녀오기도 했으며 지구가 둥글며 자전한다는 사실 등을 남들보다 먼저 깨쳤습니다. 또, 홍문관 수찬 벼슬을 할 때는 '천하지도'라는 세계지도를 만드는 일에도 관여했습니다. 『조선왕조실록』에서는 "홍문관에서 천하지도를 올렸는데, 그에 대한 고증은 수찬 김만중에게서 대부분 나왔다고 하였다."고 할 정도였습니다. 방대한 중국 대륙의 사방팔방을 넘나드는 『구운몽』의 공간 배경이 거기에서 비롯되었다고 하겠습니다.

나무클래식 07

구운몽 9인의 레벨업 프로젝트

초판 1쇄 발행 2016년 6월 10일

지은이 이강엽 **그린이** 나오미양
펴낸이 이수미
북디자인 하늘·민
편집 김연희
마케팅 임수진

출력 국제피알 **종이** 세종페이퍼 **인쇄** 두성피앤엘 **유통** 신영북스

펴낸곳 나무를 심는 사람들
출판신고 2013년 1월 7일 제 2013-000004호
주소 서울시 마포구 양화로 156 엘지팰리스 1509호
전화 02-3141-2233 **팩스** 02-3141-2257
이메일 nasimsabooks@naver.com
블로그 blog.naver.com/nasimsabooks
페이스북 www.facebook.com/nasimsabooks

ⓒ 이강엽, 2016
ISBN 979-11-86361-27-6 44810
979-11-950305-7-6(세트)

이 책은 저작권법에 따라 보호받는 저작물이므로 저작권자와 출판사의 허락 없이
이 책의 내용을 복제하거나 다른 용도로 쓸 수 없습니다.

이 도서의 국립중앙도서관 출판시도서목록(CIP)은
서지정보유통지원시스템 홈페이지(http://seoji.nl.go.kr)와
국가자료공동목록시스템(http://www.nl.go.kr/kolisnet)에서 이용하실 수 있습니다.
(CIP제어번호:CIP2016012665)

책값은 뒤표지에 있습니다. 잘못된 책은 바꾸어 드립니다.